Marc Mandel

Morden

Kurzkrimis

chiliverlag

Zuletzt im chiliverlag erschienen:
poesía del paraíso infernal – poemas y fotografías de la
república dominicana (2013)
bis ans ende der zeiten, amen / sie ist ne domina (2013)
So (ne) Nette – Lyrische Poesie der Gegenwart im Sonett-
Gewand (2013)
Sisypussy – Satirische Geschichten (2013)
Kunst, Kultur und Schizophrenie – Bühnentexte (2013)
Hinter dem Licht – KIMM-Stories (2014)
Zwischen Kuns tRäumen – Roman (2014)
Duftender Sake – Lyrische Schnapsideen (2014)
Tag des Zitronenfalters – Kurzgeschichten (2014)

2. Auflage August 2014
(c) chiliverlag, Franziska Röchter, Verl
franchili / 14
Die Rechte an den einzelnen Abbildungen und Texten liegen
beim Autor.
Detaillierte bibliographische Daten sind unter http://dnb.
ddb.de bei der Deutschen Nationalbibliographie abrufbar.

Lektorat, Gestaltung, Layout: Franziska Röchter
Fotomaterial für Cover und Innenteil : Ellen Eckhardt

ISBN 978-3-943292-14-5   www.chiliverlag.de

If you end up with a boring miserable life because you listened to your mom, your dad, your teacher, your priest, or some guy on television telling you how to do your shit, then you deserve it.

Frank Zappa

Du bist dabei.
Beim Lieben.
Und beim Morden.

Genieße es.
Oder spiele damit.
Es hätte auch anders kommen können.

Marc Mandel, im Frühjahr 2014

Marc Mandel (c) 2013 by Joana Nagy-Blohberger

Inhaltsverzeichnis

Statt eines Vorwortes 6

Freunde 9
Energie-Arbeit 15
Filmriss 23
Regenbogen 29
Tödliches Integral 35
Von den Freuden des Schwitzbades 45
Blimp 65
Der Cocktail 69
Einschnitte 71
Lucy 77
Notruf 89
Offline 91
Schlüssel 103
Handlungsvollmacht 105
Bürodämmerung 109
Kinder-Überraschung 113
Stille 119
Rochade 123
Spy Cam 131

Der Autor 135

Freunde

„Danke für die Mühe, meine Fragen mit dem Diktiergerät zu beantworten."

„Sie werden daraus eine gute Geschichte machen", Torsten Papen tippte mit dem Mittelfinger auf eine silberne Scheibe, „so spannend, so emotional, als hätte ich es selbst geschrieben."

Patrick Krentelberg hob leicht den Kopf: „Ich tue was ich kann, Herr Bürgermeister."

„Das reicht nicht, mein Freund", Papen schnitt eine Zigarre an, „wenn die Leute nicht glauben, dass es von mir stammt, können Sie schon mal an einem fernen Ort auf dieser Erde Asyl beantragen." Ohne Hast zündete er die Zigarre an.

„Ihre Notizen habe ich zwei Mal gelesen. Daraus lässt sich etwas machen. Aber eine Biografie ist nun mal kein Thriller."

„Damit es gelesen wird, muss es spannend sein."

„Klingt das eigentlich glaubwürdig, mit dem Unfall des Vaters, der Sozialhilfe, den Schülerjobs?"

„Ach Ihr Journalisten. Mein richtiges Leben wäre eine langweilige Tortur. Sagen wir so: Das könnte sich fast alles so abgespielt haben."

„Es darf nicht zu unwahrscheinlich klingen."

„Kennen Sie die Daily Soaps? Völlig unglaubwürdig, doch alle wollen Sie sehen. Wenn Ihnen noch ein paar anrührende Geschichten zu meiner Biografie einfallen: Her damit. Wenn sie gut sind, kommen sie 'rein. Schreiben Sie nichts über meine erste Frau. Auch nichts über ihren Unfall."

„Glauben Sie irgendetwas?"

„Selbstverständlich. An den Christengott. Das können Sie schreiben. Ich bin aber genau so wenig religiös, wie meine Wähler. Nur: Das schreiben Sie nicht. Gut. Ich bin bekannt als harter Hund. Das kommt an. Außerdem: Keine Affären, kein Sex, keine Drogen, keine Gewalt. Jedenfalls nichts, was man mir beweisen könnte. Es gibt echte Liebe in meinem Leben, zu meiner jetzigen Frau zum Beispiel. Schon drei Jahre. Unter uns: Eigentlich ist es eher Cornelias Geld, das ich liebe. Doch das werden die Leser nie erfahren. Seien Sie kreativ, Mann", er lacht schallend, „Hingabe zu einer gebrechlichen alten Mutter, die ich für viel Geld in einer Seniorenresidenz pflegen lasse. Das Holz, aus dem ein Staatsmann besteht."

„Meine Redaktion wurde aufgelöst."

„Ich weiß."

„Ich brauche einen Vorschuss. Vor Januar werde ich nichts Neues finden."

„Sie sind in den nächsten Monaten ohnehin beschäftigt."

„Okay. Für Ihr Werk haben wir ein halbes Jahr Zeit."

„Ich nicht. Der Wahlkampf beginnt mit dem Neuen Jahr. Dann muss es gedruckt vorliegen."

„In vier Monaten wäre es zu schaffen."

„Muss es. Rufen Sie mich nicht mehr an. Wenn Sie etwas wissen wollen, schicken Sie eine SMS. Ich rufe zurück."

„Kann ich heute ein bisschen Geld mitnehmen?"

„Sie haben Glück. Normalerweise trage ich gar kein Bargeld bei mir. So viel habe ich nur, weil mein Koks-Dealer bei Ihnen um die Ecke wohnt. Hier", Papen griff in die Innentasche seiner Jacke. Er zog ein Bündel Hunderter heraus, schob es jedoch gleich wieder zurück. Aus der anderen Innentasche holte er einen Packen Tausender. Für Krentelberg zählte er dreitausend Euro ab.

„Für den Anfang. Im Übrigen bin ich momentan klamm. Meiner Frau gehören ein paar Grundstücke. Sobald die baureif sind, werden sie verkauft. Danach gibt es den Rest." Er schob den Packen Tausender in seine Jackentasche zurück. „Niemand darf erfahren, dass wir uns kennen. Besuchen Sie mich keinesfalls in meinem Haus oder im Büro."

Das war vor drei Monaten. Bei jedem Kontakt fragt Patrick Krentelberg seither nach dem Honorar. Ohne Erfolg. Wie er diesen Auftrag hasst.

Soeben läutet es. Torsten Papen will ihm persönlich das fertige Manuskript bringen. Mit der Druck-Freigabe. Danach will er sicher noch bei seinem Kokain-Dealer vorbei schauen. Bestimmt ist er finanziell immer noch knapp.

Patrick Krentelberg öffnet die Tür. Im unbeleuchteten Flur sieht er die schmale Gestalt des Bürgermeisters mit einem Paket in den Händen.

Er lässt ihn an sich vorbei. Ohne nachzudenken hebt er den Revolver. Kurz über Papens Ohr drückt er ab.

Krentelberg rennt ins Bad, holt Handtücher, legt einen ganzen Stoß unter Papens Kopf, um das Blut aufzufangen.

Das Paket liegt auf der Erde. Er greift danach, bringt es ins Zimmer, reißt das braune Packpapier auf. Das oberste Blatt trägt drei handgeschriebene Wörter: „Autorisiert. Torsten Papen."

Krentelberg will in Papens Innentasche nach Geld suchen. Als er das Licht einschaltet, erstarrt er: Die erschossene Person ist Cornelia, Papens Ehefrau.

***

„Brav Nina, braves Hündchen." Mit der Linken fährt er ihr über das Haar, während er ihr mit der Rechten eine Weinbrandbohne zwischen die Zähne schiebt.

„Noch eins?".

Nina nickt. Sie kniet vor ihm auf dem Teppich. Die angehobenen Arme schwingen vor ihrer unbedeckten

Brust, mit den Handrücken nach vorne. Ein bisschen sieht sie tatsächlich wie ein Hund aus, der Männchen macht.

Es klingelt.

Er drückt sich tief zurück in die Lehne des Sessels, um das Telefon auf dem Tisch neben ihm aus der Ladestation zu nehmen. Normalerweise meldet er sich mit „Hallo". Aber bei dieser Nummer wird der Name des Anrufers angezeigt. „Robert Bol. Persönlich am Apparat. Für den korruptesten Karrieristen des Landes", er prustet los, „ich kenne meinen Papen-Heimer."

Eine kleine Geste versteht Nina als Zeichen aufzustehen. Sie bückt sich nach der Wäsche, die im Zimmer verstreut liegt. Robert Bol winkt ab. Nina verlässt nackt den Raum.

„Jetzt mal langsam, mein Freund. Du hast selbst gesagt, dass Du Deine Cornelia zwei Jahre nicht mehr angefasst hast. Nun ist sie vor acht Tagen verschwunden. Gib zu: Du hoffst, dass Sie nicht wieder kommt. Ich kann Gedanken lesen: Besser wäre sogar, wenn sie einen Unfall hätte. Weil Du sie beerben willst, altes Schlitzohr. Ich kenne Dich. Vielleicht hast Du Dir ja sogar jemanden engagiert ... na jedenfalls: Frauen gibt es dutzendweise in dieser Stadt. Wie, Geld? Dein Ghostwriter hat sich wieder gemeldet? Er hat immer noch etwas offen? Du hast von allem Deinen Anteil bekommen. Klar, Torsten, ich bin Dein Freund. Ich schieß Dir was nach ...

Nebenbei: Gut, dass Du Dich meldest. Es gibt Ärger, Torsten. Gerade bildet sich eine Bürger-Initiative. Die wollen kein Autobahn-Dreieck, keine Brücken, keinen Golfplatz, nichts. Hast du nicht mal erzählt, dass Du den Typ vom Naturschutzverband in der Hand hast? Du musst jedenfalls ganz schnell die Presseleute dransetzen. Vor allem darf keiner erfahren, wem der Wald gehört. Ich verlasse mich da auf Dich, Torsten. Da steckt ein Vermögen drin. Freut mich, dass Du optimistisch bist. Deine neue Sekretärin? Nein. Klar musst Du sie mir vorstellen. Heute Abend? Hm, ja gern. Das geht auch. Gegen zehn bei mir. Kennst Du Nina? Ich kenn sie ja selbst erst zwei Tage. Gerade volljährig. Körbchengröße D. Sie wird Dir gefallen."

Energie-Arbeit

„Ich möchte bitte so einen Halm." Sie blickt der Frau ins Gesicht, die neben ihr steht. Die schiebt ihr wortlos den Becher zu. In diesem Fitness-Studio sind Getränke im Preis eingeschlossen. Dafür bedienen Besucher sich selbst. Die Uhr zeigt zwölf. Sonst ist niemand an der Bar.

Die Frau blickt auf. Ihre Augen blitzen: „Ich bin Rieke. Haben wir nicht gerade in der Sauna gemeinsam geschwitzt?"

„Sorry. Ich heiße Severine."

Sie lacht: „Dafür brauchst Du Dich nicht zu entschuldigen."

Severine füllt erneut ihr leeres Glas. „Genau genommen bin ich hungrig. Ich habe bisher nichts gegessen. Trinken hilft ein bisschen."

„Lass mich mal sehen." Rieke fasst Severines Hand. Sie betrachtet die Innenfläche, als suche sie etwas. Ihr Gesicht wirkt jugendlich, aber den Falten am Hals nach ist Rieke wesentlich älter als sie, braun gebrannt, mit blondem Haar, das locker über ihre Schultern fällt.

„Können Sie aus der Hand lesen?"

„Auf den ersten Blick erkenne ich spirituelle Kreativität. Gehst Du noch zur Schule?"

„Im nächsten Frühjahr mache ich Abi. Danach studieren. Was, weiß ich noch nicht."

„Vielleicht Grafik-Design, Fotografie, Architektur. Du musst Dein Potenzial nutzen, Severine."

„Danke für den Tipp. Gut, dass wir uns zufällig trafen."

Rieke kommt näher.

„Zufall? Niemals. Das geschah zwangsläufig. Wahrscheinlich hast Du vorhin in der Sauna über Deine Zukunft nachgedacht."

„Genau. Das hängt aber mit dem nicht zusammen, oder?"

„Alles hängt mit allem zusammen. Gedanken sind elektro-magnetische Wellen in den Hirnzellen. Schwingt ein anderes Bewusstsein auf gleicher Frequenz, empfängt es diese. Darf ich Dich zu einer Pizza einladen?"

Sie fahren zu einem kleinen Haus am Stadtrand. Im gleichen Moment, als Rieke den Mini abbremst, knattert der Roller des Pizza-Boten um die Kurve.

Rieke öffnet eine Flasche Rotwein. Dies war früher das Haus des Gärtners, erläutert sie. Seit einiger Zeit wohne sie selbst hier. Ihr gemeinsames Haus stehe hinter dem Hügel. Darin wohne ihr Mann. Dort sei genug Platz für das Personal. Ihre Ehe sei durchaus glücklich. Beide besuchten sich. Ein bis zwei Mal wöchentlich. Allerdings nie, ohne sich vorher anzumelden. Außerdem arbeiteten sie im gleichen Betrieb; in ihrer Möbelfabrik. Er leite die Werkstätten, sie das Büro. Ebenfalls in verschiedenen Häusern. Das gehe alles glatt. Vor fünf Jahren heirateten sie. Ein Jahr wohnten sie zusammen. Damals stritten sie sich häufig. Sie beide seien sehr individualistisch. Er fröne in seiner Freizeit der Amateurfunk-Telegraphie. Daneben braue er ein spezielles Bier. Sie verfremde gern ihre eigenen Fotos am Bildschirm. Als nächstes wolle sie Filme schneiden. Dabei müsse sie sich konzentrieren, weil sie sich selbst beibringe, mit den Computerprogrammen zu arbeiten. Individualisten brauchten Freiräume.

Ob Liebe denn nicht bedeute, eigene Wünsche einzuschränken?

Die Liebe sei ein Trugbild. Des Menschen Weg sei vorbestimmt. Severines Weg ins Fitness-Studio, zur Sauna, an die Bar, zu Rieke, da werde Energie umgewandelt. Wenn Severine lerne, mit Energie aus dem eigenen Körper zu arbeiten, lebe sie ohne Widerstand. Sie lerne ausschließlich Menschen kennen, die sie sowieso treffen solle. Wie es ihr bestimmt sei. Den Zugang zu dieser größeren Realität finde sie nur über ihren eigenen Körper. Wirkliche Liebe lerne bloß kennen, wer mit dieser Energie arbeite.

Ob damit denn ausgeschlossen sei, dass man sich für das Falsche entscheide? Beispielsweise bei der Berufswahl? Oder bei einem Freund?

Sicher nicht. Sie mache ja selbst Fehler. Folgerichtig müsse sie hinterher jedes Mal bluten, wie sie sich ausdrückt. Der Preis sei sogar ziemlich schnell zu entrichten. Sonst lade man Schuld auf sich. Das werfe sie wieder zurück – denn jeder Schuld müsse unweigerlich die Buße folgen. Doch danach, wenn die Schuld gesühnt sei, wenn der Schmerz nachlasse, sei sie auf der Glücks-Spirale der Lebenskunst wieder einen Umlauf nach oben gerutscht.

Begierig wie ein Schwamm saugt Severine die Wörter auf. Das Bewegen in einem so geschmeidigen Energie-Universum könne sie sich indes noch nicht wirklich vorstellen.

Rieke schlägt ein Experiment vor: Severine legt eine Hand flach auf den Tisch. Mit den Nägeln nach oben. Rieke entnimmt einem Einweckglas ein Pendel aus rötlichem Porzellan. An seinem weißen Band lässt sie das Pendel leicht oberhalb von Severines Sehnenscheide schwingen. Schon nach kurzer Zeit spürt Severine deutlich Wärme bis in die Fingerspitzen. Erneut erklingt die warme Stimme von Rieke: Das sei Energie, die in ihre Hand fließe. Sie könne noch viel mehr darüber erfahren.

Severine muss leider bald zurück. Aber sie komme wieder.

Rieke will ohnehin in ihr Büro. Vorher bringt sie Severine nach Hause.

Severine will an diesem Nachmittag ausführlich einen Blog ihrer Freundin kommentieren. Allein, die

Gedanken an eine Welt voller Energie lenken sie immer wieder ab. Einer Energie, die von ihr selbst gesteuert würde. Sie beschließt, sich nicht dagegen aufzulehnen. Den Brief zu schreiben ist ihr heute wohl nicht bestimmt. Severine legt sich auf ihr Bett, um nachzudenken.

Nach zwei Stunden fährt sie in der Straßenbahn zu einem Bürogebäude am Messegelände. Die Treppe nach oben endet vor einer verschlossenen Tür, die wohl zum Flachdach führt, wie ihr beschrieben wurde. Geduckt lugt sie zurück um eine Ecke nach unten. Sie beobachtet den Eingang zur fünften Etage. „Sieben" zählt sie unhörbar nach einer gewissen Zeit. Alle Angestellten sind nach unten verschwunden. Ihre Uhr zeigt kurz vor fünf. Sie läutet.

„Guten Tag. Ich bin Friederike von Zey. Sie kommen wegen meiner Anzeige?" Ihrer Stimme nach hatte sie sich Tims Chefin älter vorgestellt: Die Frau des größten Möbelproduzenten der Stadt zählt keine dreißig Jahre.

„Ich heiße Severine Hühning. Wir sprachen am Telefon miteinander."

„Severine? Den halben Nachmittag saßen wir bei mir zusammen." Sie lacht.

Severines Gesichtsfarbe verfärbt sich. Riekes blonde Haare sind hinter dem Kopf zu einem Zopf geflochten, was das Gesicht schmaler erscheinen lässt. Dazu kommt ein strenges blau-schwarzes Kostüm. Wenigstens die Stimme hätte sie erkennen müssen. Rieke geht vor ihr ins Büro.

„Wenn Du willst, gehen wir sofort in medias res. Gar keine Frage. Ich engagiere Dich. Wie alt bist Du?"

„Achtzehn." Diese Lüge geht ihr glatt über die Lippen.

„Kleidergröße?" Jetzt hört sie die Geschäftsstimme der Friederike von Zey.

„Sechsunddreißig."

„Hast Du schon einmal gemodelt?"

„Hobbymäßig." Sie verbessert sich: „Nein, eigentlich nicht."

„Das passt gut. Ich bin eine Amateur-Fotografin. Doch darüber haben wir ja schon gesprochen heute Mittag." Sie gießt beiden ein Glas Wein ein.

„Kann ich Sie ins Vertrauen ziehen, Frau von Zey?" Severine spricht sehr bedächtig.

„Sind wir nicht seit ein paar Stunden Freundinnen, die sich duzen? Was wir hier besprechen, erfährt selbstverständlich niemand. Also los."

„Als ich hier klingelte, wusste ich gar nicht, wer mir öffnet. Das macht es nicht leichter für mich. Ich bin die Schwester des Auszubildenden Tim Hühning. Vor drei Tagen ließ er einen Scheck mitgehen. Darf ich bitte erst zu Ende reden? Er machte Ihre Unterschrift nach. Zweitausend Euro hob er ab – um Spielschulden zu begleichen. Tim war bis vor ein paar Monaten in schlechter Gesellschaft; es wird nie mehr passieren. Es tut ihm selbst leid. Ich weiß es als Einzige. Er tat es, weil er um alles in der Welt verhindern wollte, dass ich die Schule aufgeben muss. Jetzt will ich auf keinen Fall, dass ihr Mann ihn deswegen entlässt. Ich würde Ihnen oder Dir gern Modell stehen, um Tims Schuld auszugleichen."

„Weiß Dein Bruder, dass Du hier bist?"

„Nein. Er fuhr zum Vater. Bitte hilf uns."

Friederike von Zey steckt sich eine Zigarette an. „Heikel, heikel. Lass uns gemeinsam sehen, wie wir das lösen. Weißt Du, welches Honorar ein professionelles Modell bekommt?"

„Eine Freundin modelt für fünfundzwanzig pro Stunde. Im Bikini. Oft auch ohne."

„Und Du bist Anfängerin. Selbst bei diesem Lohn kämen achtzig Stunden zusammen. Was hältst Du davon, beide Vorgänge voneinander zu trennen? Ich nehme mir Deinen Bruder am Montag zur Brust. Dir geben wir einen Kredit. Damit gleicht er seine Schuld aus. Wenn wir uns darüber einig sind, sprechen wir über Deinen Job als Fotomodell."

„Sie sind sehr gut zu mir. Aber ich möchte das nicht. Speziell nach unserem heutigen Gespräch. Ich bin bereit, den Preis für seine Dummheit zu zahlen. Weil ich nun genauso davon überzeugt bin, dass eine Schuld abgetragen werden muss. Möglichst zeitnah. Bestimmt in diesem Leben. Gibt es wirklich keine Alternative?"

Friederike von Zey gießt ihr Glas voll. „Lass mich nachdenken. Letztlich müsste Dein Bruder Tim die Schuld abtragen."

„Bitte, bestrafen Sie ihn nicht."

„Mich beschäftigt etwas anderes: Neuerdings spiele ich mit einer Video-Kamera. Wären wir beide nicht befreundet, würde ich Dich fragen: Möchtest Du in einem Sex-Film mitspielen?"

„Ich weiß nicht …"

„Nicht zum Veröffentlichen. Definitiv nicht. Es geht mir darum, dass ich es einmal übe. Darüber hinaus soll es ein wenig Spaß bringen."

„Was passiert in dem Film?"

„Du weißt sehr genau, wozu Frauen von Männern benutzt werden, wenn ihre Hormone sie antreiben. All das passiert. Brauchst Du es deutlicher?"

„Ich bin nicht so unerfahren, wie es vielleicht aussieht. Außerdem habe ich Internet."

„Legst Du einmal ab?" Friederike von Zey gießt Severin neuen Wein ein.

Severine Hühning dreht sich in Unterwäsche zu ihr: „Alles?"

„Alles."

Severines Gesicht färbt sich dunkel.

„Wir kennen uns ja schon unbekleidet. Bei den Aufnahmen ziehst Du sowieso andere Sachen an. Meine Kleidergröße passt Dir."

Severine legt ihre Wäschestücke sorgsam auf die Lehne eines Sessels.

„Komm her." Friederike von Zey betastet ihre Brüste. „Dreh Dich um. Bück` Dich nach vorne."

Severine zittert ein wenig, als sie Finger zwischen ihren Schenkeln spürt.

Friederike von Zey erhebt ihr Glas. „Setz Dich. Du wolltest, dass wir über Geschäfte reden." Severine greift nach den Wäschestücken. „Warte, frierst Du?"

„Nein. Kommt hier vielleicht jemand?"

„Alle sind nach Hause. Zum Wohl. Ich hole Dir gleich einen Kimono." Sie stoßen an. „Für zweitausend schickt mir meine Agentur eine routinierte Aktrice, die alles tut, was ich verlange."

„Das will ich auch. Ehrenwort."

Frau von Zey lächelt: „Und wenn es weh tut?"

„Ich bringe ein Opfer. Empfangene Schmerzen werde ich wie eine Krone tragen. Um eine Stufe höher zu steigen."

„Im Grunde müsste Dein Bruder das Opfer bringen. Zur Sühne genügte es ja schon, wenn er erführe, was seine Schwester alles für ihn tut. Wenigstens, um ein schlechtes Gewissen zu bekommen."

„Um Himmels Willen."

„Gut. Wir schließen einen branchenüblichen Model-Vertrag. Du bist bis morgen Abend engagiert. Ab sofort tust Du einfach, was verlangt wird."

„Wirklich fair, Frau von Zey. Danke. Was soll ich tun?"

„Du wirst es erfahren. Nebenan gibt es ein Bad. Erst einmal solltest Du Dich duschen. Dort findest Du Körpermilch. Schmiere Dich großzügig damit ein. Ich telefoniere in der Zwischenzeit, damit Du nicht allein auftreten musst."

Severine bekommt flauschige Pantöffelchen.

„Bis gleich. Sie sind der Boss."

Im Bad findet Severine tatsächlich vergoldete Armaturen. Als sie zurück kommt, macht sich ihre neue Chefin Notizen.

„Zieh diesen Mantel an. Wir fahren in mein Atelier. Es wäre schön, wenn Du bei allen Aufnahmen extrem erregt wirkst. Deshalb werde ich Dir einen leckeren Cocktail mixen. Beim ersten Dreh wirst Du meinen Mann kennen lernen. Mitte fünfzig. So können wir alle in Ruhe herumprobieren. Heute Abend schaue ich mir das Material an. Du wirst über Nacht bei ihm bleiben."

„Verfügen Sie nach Belieben über mich, gnädige Frau."

„Morgen beginnen wir um neun mit zwei bisexuellen Männern. Das könnte ein wenig anstrengend werden."

„Alles, was Sie wünschen, Frau von Zey."

„Höre mir zu: Beim zweiten Dreh um eins wirst Du eine Augenbinde tragen. Wir wollen Dich überraschen."

Filmriss

„Der geht nicht. Nimm den anderen."

Erstaunt blickt sich Saskia um. Hinter ihr steht eine Fremde, gleich groß, ebenfalls Anfang dreißig, füllig gestricktes Oberteil mit reichlich Strass, enge Jeans, Stöckelschuhe. Frappierend, wie ähnlich sie ihr sieht; wäre da eine andere Frisur, könnte man sie für ihre Schwester halten. Saskia geht zum zweiten Waschbecken.

„Nicht drehen. Drücken. Auf den Wasserhahn."

Ein bisschen belehrend klingt die Stimme schon, aber freundlich. Saskia wäscht sich die Hände. Die Uhr zeigt zehn. Dezent linst sie in den Spiegel. Sie trägt ein schlichtes Baumwollkleid. Dazu einen Seidenschal. Mit ein bisschen Glitter. Immerhin.

Die andere Frau bleibt hinter ihr stehen. „Nun musst Du leider wieder nach links. Auf dieser Seite gibt es kein Handtuch-Papier mehr." Sie lacht.

„Danke." Saskia dreht sich völlig verwirrt um. „Ich bin übrigens Saskia Klische."

„Angenehm. Kristina-Marie Merlin. Ich sitze auf der anderen Seite der Bar. Kommst Du mit?"

Kristina-Maries Barhocker steht in einer Ecke vor der Wand. Daneben bleibt Platz für einen zweiten Sitz. Danach macht der Tresen einen Knick für die Ausgabe. Saskia setzt sich zu ihr. Der Barmann tänzelt heran. Er bringt zwei Kir Royal.

Nur wenige Lokale haben heute geöffnet. Saskia verbringt zum ersten Mal den Heiligabend nicht zu Hause. Ihre Tochter Hannah hat sie am späten Nachmittag bei der Mutter geparkt. Saskia arbeitet als Grafikerin. Mit einer halben Stelle bei einer Zeitung. Außerdem fotografiert sie gelegentlich. Für das Lokale. Den Ressort-Chef heiratete sie vor zehn Jahren. Eigentlich ein Schriftsteller: Viele Menschen in der Stadt folgen der Fährte des Ermittlers in seinen Kriminalromanen. Letzte Weihnachten zog er bei ihr aus. Davor übernachtete er öfter woanders, als bei ihr.

Kristina-Marie erzählt, dass sie bereits letztes Jahr an Heiligabend das ‚New York‘ aufgesucht hat. Sie übersetzt Sachbücher aus dem Französischen. Seit fünf Jahren lebt sie als Single. Als sie ihr Haus betreten, ist mehr als eine Stunde vergangen. Die vordere Wand im Parterre besteht aus einem riesigen Glasfenster. Kristina-Marie fährt die Jalousien herunter. Saskia hängt die beiden Mäntel an die Garderobenhaken. Rechts gibt es eine leibhaftige Bar mit zwei stylischen Hockern. Davor eine gepolsterte Sitzgruppe. Kristina-Marie kommt mit einer Flasche Freixenet aus der Küche. „Die hatte ich extra für uns kalt gestellt. Aus dem ‚New York‘ kommt man selten alleine.“

***

Saskia wacht in einem völlig fremden Raum auf. Helles Licht kommt von draußen. Die bunten Farben der Möbel lassen sie an das Zimmer ihrer Tochter denken. Aber hier sind die Regale praktisch leer. Eine Seite besteht ausschließlich aus Glas; ein Seidenvorhang schützt vor der Morgensonne. Neben dem Bett führt eine offene Tür in ein luxuriöses Badezimmer. Dort muss sie jetzt zuerst hin. Erschrocken realisiert sie, dass ihre Haut sich fettig anfühlt. Sie riecht nach einer teuren Body-Lotion. Schnell geht sie zum Bett zurück. Daher kommt das: Die Bettwäsche, in die sie sich so fest einrollte, duftet wie ein Kosmetikladen. Richtig beruhigen mag sie diese Erkenntnis nicht.

Der Spülkasten der Toilette rauscht noch, da steht Kristina-Marie im Raum. Sie hält einen Bademantel in den Händen.

„Guten Morgen. Oder Frohe Weihnachten! Lass

24

Dir Zeit. Das Frühstück wartet unten." Kristina-Marie lässt zwei Pantoffeln fallen.

Saskia sieht an sich hinab. Sie hat nichts an. Auf einem Sessel liegt ihre Handtasche. Daneben säuberlich zusammengelegt ihr Kleid, der Gürtel, die Wäsche, die Strümpfe, der dünne Schal. Was war in der Nacht bloß los? Sie greift nach ihren Straßenschuhen. Kristina-Marie weist auf die Pantoffeln. Dankbar schlüpft Saskia hinein. Kristina-Marie verschwindet nach unten.

Von der Mutter kam eine SMS, dass die Tochter eine weitere Nacht bei ihr bleibt, weil sie in so einen Jahrmarktspark wollen. Saskia setzt sich an einen kleinen Tisch in der Mitte des Zimmers. Schnell antwortet sie.

Ein Ventilatorgeräusch lässt sie aufblicken. Hier steht ein aufgeklappter Rechner. Gedankenverloren drückt sie eine Taste. Der Bildschirm springt an, er zeigt einen Media-Player.

Erneut sucht sie die Toilette auf. Diesmal dauert es ein wenig länger.

Wieder im Zimmer fällt ihr ein Video-Icon auf dem Bildschirm ins Auge. Sie klickt es an. Ein Sex-Film startet. Sie greift nach dem Morgenmantel. Da erkennt sie ihr Gesicht.

Das ist Saskia. Ein Sex-Film mit ihr als Darstellerin. Sie erinnert sich an nichts. Auch nun, wo sie die Bilder sieht. Sie stoppt das Video. Zurück auf Anfang. Wie sie agiert, hätte sie sich vielleicht sogar gerne erinnert. Aber nichts. Es dauert fünf Minuten. Sie schaut es noch einmal an.

Saskia schaltet den Rechner aus. Benommen geht sie nach unten.

An der kleinen Bar steht eine fremde Frau um die vierzig.

„BKA Sonderdezernat." Drei Männer stürmen an

ihr vorbei. Die Frau schnappt sich Saskias Mobiltelefon.

„Wo ist Frau Merlin?"

„Gnädige Frau belieben zu scherzen. Um Sie zu beruhigen: Uns kam niemand entgegen. Sie sind der erste Mensch, den wir treffen. Meine Kollegen durchsuchen das Haus. Sind Sie bewaffnet?"

„Was soll das?"

Zwei Männer stehen plötzlich hinter ihr. Sie reißen Saskia den Morgenmantel herunter. Sie hält nur noch den Gürtel in der Hand.

„Wenn Sie gestatten: Ich stelle hier die Fragen!" Das klingt unerbittlich, aber nicht unfreundlich. „Evelyn Pürstner, Hauptkommissarin, Bundeskriminalamt. Wir Frauen sollten zusammen halten. Wer sind Sie?"

Einer der Männer berührt unabsichtlich Saskias Busen. Er pfeift anerkennend. „Darf ich mich wieder anziehen?" Ihr Morgenmantel wird gerade untersucht. Aus der Tasche nimmt der andere Mann mit spitzen Fingern eine kleine Pistole. Sie fasst sich: „Ich, ich bin Saskia Klische."

„Das Haus ist umstellt. Wir sind hier, wegen des Anschlags auf die französische Botschaft heute Nacht. Er wurde von hier aus gesteuert. Aber das wissen Sie sicherlich besser."

„Nein. Ich wohne gar nicht hier."

Ein dritter Mann bringt ihr ein Bündel.

Die Kommissarin setzt sich.

„Ziehen sie den Jogging-Anzug an, damit den jungen Kollegen nicht die Augen aus dem Kopf fallen. An diesen Anzug werden Sie sich gewöhnen. Unterwäsche bekommen Sie später. Legen Sie den Gürtel des Morgenmantels auf den Tisch. Dass Sie hier nicht wohnen, wissen wir bereits. Also: Erzählen Sie uns etwas Neues. Hier wohnt niemand. Es handelt sich um ein Haus von Bergheim-Locations. Die vermieten es tageweise an das Fernsehen oder Filmgesellschaften; diesmal an eine Firma IPP. Bezahlt wurde mit einem Scheck. Wie die zuständige Mitarbeiterin sagt, kam eine ihr unbekannte Frau in ihr Büro. Sie mietete das Objekt auf den Namen Saskia Klische. So haben Sie sich doch soeben selbst genannt?"

„Ich habe mit all dem nichts zu tun."

„Der Kollege untersucht soeben ihre Luger."

„Fette Fingerabdrücke habe ich gerade abgenommen", ruft er aus einem Nebenraum, „frische Schmauchspuren gibt es auch."

„Wir können leider erst in einigen Stunden wissen, wen genau Sie mit dieser Waffe ins Jenseits befördert haben."

„Sie irren sich, ich bin unschuldig."

„Wir wussten, dass wir Sie hier treffen würden. Ich habe sogar Ihre Akte dabei. Wollen Sie mir erzählen, was Sie wissen? Oder möchten Sie lieber, dass ich Ihnen aus ihrer Akte vorlese?"

„Ich möchte einen Anwalt."

„Jetzt pass mal auf, mein Täubchen. Wir wollen Dich buchstäblich mit Samthandschuhen anfassen – aber erst, wenn Du mir zwei Fragen beantwortest. Erstens: Wer bist Du wirklich? Zweitens: Wo kommst Du her? Seit mindestens einem Jahr bin ich hinter Dir her. Damals ging es um das Blutbad hinter der Stadtkirche. Im April wurden dann zwei Männer vor laufender Kamera massakriert. Ich war sicher, dass es ebenfalls Saskia Klische tat. Wir haben die echte Klische völlig durchleuchtet. Vierundzwanzig Stunden am Tag, sieben Tage in der Woche. Telefon, Internet, Tochter, Job, Privatleben, sexuelle Präferenzen. Ein unbeschriebenes Blatt. Mit unbefriedigtem Hormonhaushalt. Jedoch ob im Sommer in Mailand, im September bei einer Tagung in Oslo, Anfang Oktober in Wien: Immer bleiben Leichen zurück. Mit Deinem genetischen Fingerabdruck. Du trägst verschiedene Namen. Vor allem, wenn Du in Pornos mitspielst.

Kristina-Marie Merlin zum Beispiel. In Gang-Bang-Produktionen lässt Du Dich meist „Use me" nennen. In Deinem Morgenmantel fand der Kollege übrigens die Koks-Briefchen. Unser Dezernat befasst sich mit dem internationalen Terrorismus. Was hast Du vorher getan? Rauschgift? Menschenhandel? Waffengeschäfte? Wie heißt Du wirklich?"

„Sie verwechseln mich mit jemand. Glauben Sie mir."

Abrupt steht die Kommissarin auf. „Fred. Du übernimmst. Kümmert Euch um sie. Pass auf, dass sie nicht verletzt wird. Ich komme in dreißig Minuten zurück. Zu Dir, mein Täubchen: Ich lasse Dich mit meinen Jungs für eine halbe Stunde allein. Danach reden wir weiter."

Freds Hand schiebt sich von hinten unter Saskias Jogging-Oberteil. „Halt, bleiben Sie. Ich sage Ihnen alles. Schicken Sie die Männer hinaus."

„Ach, so plötzlich? Gut. Schaut Euch erst mal oben um, Jungs."

Als alle gegangen sind, wendet sich Evelyn Pürstner zur Treppe, um ihnen nachzurufen, dass sie sich speziell um Wäschstücke kümmern sollten. Saskia hat inzwischen den Gürtel ergriffen. Von hinten wirft sie ihn der Ermittlerin um den Hals. Fest zieht sie zu. Die Frau rutscht fast lautlos zu Boden. Saskia Klische zieht immer noch an den Enden. Bis ihre Knöchel blau anlaufen.

Regenbogen

Ist sie das?

Ihr Haar trägt sie kurz; das verändert die Gesichtsform. Außerdem sind da um die Hüften ein paar Pfund mehr als früher — wenn sie es denn ist.

Irgendwo hat es geregnet. Mein Zugfenster zeigt nach Osten. Dort wölbt sich ein Regenbogen über die Felder.

Ich höre ganz deutlich ihre letzten Worte: „Ciao." Sie holte tief Luft, um ein verächtliches „Lover" hinterher zu spucken.

So redete sie. Früher hatte sie das Wort gehaucht.

Gut drei Jahre sind wohl vergangen. Kein einziges Mal lief sie mir über den Weg seither. Und nun sitzt sie mir schräg gegenüber. Keine zehn Menschen bevölkern unser Zugabteil. Sollte ich sie unauffällig ansprechen?

Stellt es sich als Irrtum heraus, lese ich einfach in dem Buch weiter. Wie hieß sie bloß? Soll ich sie fragen? Ich traue mich nicht.

Es ging um eine Handwerkerin damals. Sie kam wegen des Telefonanschlusses. Ein heißer Tag, dreißig Grad. So wie heute. Ich erlaubte ihr, bei mir zu duschen. Plötzlich das Geräusch eines Schlüssels in der Tür. Meine Freundin. Unerwartet. Unpassend.

Die Telefonfrau kam aus dem Bad. Das Handtuch vor der Brust. Sie übersah die Sachlage sofort, griff nach ihren Sachen, murmelte, „an einem anderen Tag" wiederzukommen, schlüpfte hinaus. Dann wurde es laut.

Ich könnte einfach „Hallo" sagen. Möglicherweise freut sie sich, fällt mir sogar um den Hals. Ihr verfluchter Name müsste mir aber einfallen.

Warum mache ich mir überhaupt Gedanken? Genau genommen möchte ich dieser Art Frauen künftig aus dem Weg gehen. Probleme auf Stöckelschuhen. Ach was, ich bleibe still hier sitzen, bis die S-Bahn da ankommt, wo ich hin will.

Oder sie steigt vorher aus. Ende.

Sie trägt eines jener für sie so typischen Leinenkleider. Vermutlich befindet sich unter der linken Achsel eine unauffällige Beule. Ich kann das nicht prüfen, weil sie mir die andere Seite zuwendet. Wenn sie alleine unterwegs war, trug sie dort ihre Taschen-Pistole; eine Browning 6,35 mm. Immer scharf geladen. Wie die Besitzerin. Eines der sogenannten kleinen Kaliber. Aber aufgesetzt tödlich.

Ihre Augen scheinen geschlossen. Sie gleitet ein wenig zurück auf ihrem Sitz. Dabei öffnet sie ganz leicht ihre Knie.

Ganz ruhig bleiben, Junge.

Andererseits müsste sie doch wissen, was sie durch diese laszive Pose bei mir anrichtet. An der Innenseite ihres Oberschenkels trägt sie bestimmt eine kleine Lederhülle an einem Stoffband. Ganz oben. Darin steckt ein rasiermesserscharfer Dolch. So klein, dass er in eine weibliche Handfläche passt.

Wenn die Bahn plötzlich bremst, müsste ich mich doch notgedrungen ein wenig nach vorne neigen. Dabei könnte es passieren, dass meine rechte Hand ein bisschen nach unten rutscht. Schon würde ich ihre Haut berühren, sozusagen versehentlich.

Spinnst Du? Was tust Du, wenn sie den ganzen Zug zusammenschreit?

Die Distanz zwischen ihren Knien beträgt keine Handbreit; einem Außenstehenden fiele überhaupt nichts auf.

Ich hingegen bin beinahe sicher, dass jenes Futteral sich fast unmerklich unter dem dünnen Stoff abzeichnet.

Oder testet sie mich bloß? Könnte es sein, dass sie nahezu darauf wartet, dass ich sie anspreche?

Bist Du denn zu retten? Du kannst nur verlieren. Nimm Deinen Suter in die Hand. Hör endlich auf solche blöden Fantasien zu entwickeln. Was vorbei ist, ist vorbei.

Ich greife nach meinem Buch. Erneut bewegt sie den Po. Drei Zentimeter näher zu mir. Der Abstand zwischen ihren Knien wächst um Millimeter.

Fair war sie nie.

Schimmert da etwas Braunes an der Innenseite ihres linken Oberschenkels, als sie sich bewegt? Normalerweise gehöre ich nicht zu den Männern, die versuchen, unter Röcke zu spähen. Ich ducke mich etwas. Neige den Kopf nach rechts. Hoffentlich beobachtet mich niemand. Viel kann ich nicht erkennen; zwischen ihren Oberschenkeln gähnt es dunkel.

Mit ihrer Pistole hat sie einen Menschen getötet. Mindestens einen.

Mittlerweile habe ich mich gefragt, ob das wirklich passierte. Es erscheint mir so real wie Dalis Bilder. Und ebenso absurd.

Er war ihr Arbeitgeber. Vielleicht auch ihr Liebhaber. Oder beides. Wer weiß das schon so genau?

Wie ein Toter schlief er. Wegen des Schlafpulvers in seinem Tee. Um neun hatte er sich hingelegt. Eine halbe Stunde später standen wir vor seinem Bett. Sie hob die Browning an seine Schläfe. Da schlug er die Augen auf. Ich griff in seine Haare. Sie schoss. Ich sollte weiter festhalten. In aller Ruhe lud sie nach, um von der anderen Seite eine weitere Kugel in seinem Schädel zu platzieren. Eine Riesen-Sauerei. Ich zog mein blutbeschmiertes Hemd aus. Damit wischte sie sorgsam die Pistole ab. Zwischen den Beinen trug sie den Dolch. Nicht länger als ein Bleistift. Noch einmal musste ich ihm in die Haare fassen. Sie stach ihm in das rechte Auge. Danach in das linke.

Oder bilde ich mir das alles lediglich ein?

Jetzt liegt ihre linke Hand auf der Armlehne; die

rechte rutscht scheinbar zufällig über den Oberschenkel zwischen ihre Beine. Im Bruchteil einer Sekunde hätte sie die Waffe in der Hand. Wenn sie wollte.

Um ihren Hals liegt ein hauchdünner Schal. Etwas in der Art trägt sie bei jedem Wetter, aus Angst, sich zu erkälten. War das ein silbriges Schimmern? Es könnte jenes Kettchen darunter sein, welches sie niemals ablegt. Es ist stabil genug, um einen Mann damit zu erwürgen.

Mein Hemd klebt vor Hitze. Buchstaben tanzen vor meiner Nase. Ein Geräusch. Ich hebe die Lider.

Mit weit geschlossenen Augen hebt sie das linke Bein. Ihren Absatz stützt sie nun auf dem Heizkörper-Sims ab. Dabei verrutscht wiederum ihr Kleid. Langsam schiebt sie ihren linken Fuß aus der Sandale, bis sie den Ballen auf der hinteren Kante aufsetzt.

Noch heute beantrage ich, dass ein solches Verhalten in die Anti-Folter-Konvention aufgenommen wird.

Beruhige dich, Junge.

Wenn mir wenigstens ihr Name einfiele. Ich könnte ihn so nebenbei durch die Zähne zischen. Irgendwas mit ‚I‘. Inga, Inge, Irene, Ilse, Ingrid, Ida. Zuzutrauen wäre ihr natürlich eher ein dunkles ‚O‘. Oder ein ‚U‘. Helle Laute passen überhaupt nicht zu ihrer ‚Her-Damit‘-Natur.

Da springt sie hoch. Die Türen sind bereits offen. Beugt sich über die Bank. Verliert ein schmales Päckchen. Kaum länger als eine Postkarte. Sie rennt hinaus, ohne sich umzublicken.

Iris ist weg.

Iris?

Klar, Iris. So hieß sie.

Was passierte genau, bevor die Türen wieder zuschnappten? Ich habe mich so stark auf ihren Namen konzentriert, dass ich daneben nichts mitbekam.

Hat da irgendjemand spöttisch „Ciao Lover“ gerufen?

Die S-Bahn fährt an.

Das kleine Paket. Trug sie es unter dem Kleid? Jetzt liegt es auf ihrem Sitz. Mit braunem Seidenpapier umwickelt. Ich spüre einen schweren Gegenstand in lederner Hülle. Ein kleiner Dolch.

Der Regenbogen ist verschwunden.

Tödliches Integral

Montag, elf Uhr dreißig, Schiller-Schule, Saal 21.

Lena lehnt sich zurück. Hörbar atmet sie durch. Sie muss in dieser Klausur unbedingt zehn Punkte schaffen. Sonst kann sie sich ihr Abi abschminken.

Verzweifelt schaut sie zu Johanna am Tisch vor ihr. Eigentlich ihre beste Freundin. Doch seit Johanna in Annikas Fitness-Studio jobbt, hängt sie ständig dort herum. Die macht sich nicht verrückt. Ihr Vater besorgt ihr ein duales Studium bei der Bank, wo er arbeitet. Da wird gutes Geld verdient. Johanna braucht keinen Studienplatz. Ihr Vater finanzierte ihr sogar diese Fahrt mit dem Lateinkurs nach Rom, wo Lena nicht mitkonnte.

Echt zum Wahnsinnigwerden. Links sieht sie Oliver. Lena weiß, dass Oli in sie verknallt ist – obwohl er mit ihrer besten Freundin geht. Mit Johanna verbrachte er zehn Tage in England. Das kostete beide Eltern eine Menge Geld. Deshalb durfte er ebenfalls nicht mit nach Rom. Oliver war ziemlich geknickt deswegen. Der würde ihr bestimmt gern helfen. Aber er sieht selbst nicht besonders glücklich aus.

Von oben nach unten folgt sie der Integralgleichung. Einen Term könnte sie falsch aufgeleitet haben.

Hinter ihr hört sie Benjamin. Er packt zusammen, um abzugeben. Logisch. Ein Einser-Kandidat. Im Vorübergehen stolpert er ein wenig. Benjamin stützt sich auf ihre Tischkante, bevor er abgibt.

Wo eben Benjamins Hand den Tisch berührte, liegt nun ein unscheinbares Kügelchen Papier. Lena schaut zu Doktor Hanns nach vorne. Er hebt seine Augen, nickt Benjamin freundlich zu, senkt seine Lider schließlich auf ein beschriebenes Blatt. Doktor Hanns hat nichts mitbekommen. Lena zieht die Papierkugel auseinander. Unauffällig schiebt sie die Notiz unter ihren Taschenrechner. In winzigen Zeichen hat Benjamin darauf ihre Aufgabe gelöst. Sie übersah ein Binom. Schnell verändert sie ihre Arbeit. Die Klingel ertönt. Gerettet.

Im Flur holt Benjamin Luft. Hanns merkte absolut nichts. Hätte der das gerafft, wären sie beide disqualifiziert worden. Lena gefällt ihm schon länger. Leider fuhr sie nicht mit nach Rom vor zwei Wochen. Acht traumhafte Tage. Am letzten Abend ging Benjamin nachts allein mit Johanna auf die Spanische Treppe. Sie küssten sich. Danach schliefen sie miteinander. Bombastisch. Auf der anderen Seite: Lena gefällt ihm ebenso. Ein ganz anderer Typ. Mal sehen, wie sich das entwickelt. Boah, ganz neu in der Klasse – und schon zwei Eisen im Feuer. Johanna trifft er um halb sieben.

***

Lena rennt auf ihr Zimmer. Sie will sich bei Benjamin bedanken. Seine Telefon-Nummer weiß sie nicht. Nicht einmal seine E-Mail-Adresse. Benjamin ist erst ein halbes Jahr in dieser Schule. Bisher hatten sie kaum Kontakt. Über seinen Facebook-Account schickt sie ihm eine Nachricht: „Danke. Meld' Dich mal." Dahinter ihre E-Mail-Adresse.

Lena geht zur Toilette. Auf dem Rückweg hört sie den Lautsprecher: „Sie haben Post."

Seine E-Mail enthält nur eine Zeile: „Lust auf'n Date? Ben."

Mit fliegenden Fingern tippt sie: „Drei Uhr. Wo?" Druck auf den ‚Senden'-Button. Sie schaut in ihre Geldbörse. Drei Euro sind ihre ganze Barschaft.

Benjamin schlägt das Goethe-Monument im Stadtpark vor. Gute Idee. Da braucht man nichts zu verzehren. Ihre Fahrrad-Klamotten sehen doof aus. Also U-Bahn. Dafür hat sie eine Schüler-Karte. Plus fünf Minuten Fußweg. Lena sagt zu. Verdammt: Was soll sie anziehen?

***

Annika küsst Johanna auf den Mund. Auf der Terrasse sitzt Frank, Annikas Mann. Er baut gerade einen Joint. Johanna küsst Frank ebenfalls.

Annika wurde im Mai fünfundzwanzig; seit zwei Jahren verheiratet mit Frank. Für ihn brach sie ihr Chemie-Studium ab. Das Studio läuft ohne Ende. Im Tiefgeschoss schachten sie gerade einen kleinen Swimmingpool aus. Eine Sauna steht schon unter Dampf. Eine zweite kommt im Frühjahr. Der ganze Keller heißt dann Wellness-Bereich. Dafür wird Johanna zuständig sein.

***

Lenas großer Wecker zeigt bereits halb sechs. Benjamin geht ins Bad. Lena sucht seine Sachen zusammen. Mit achtzehn kann sie tun, was sie will. Andererseits: Ihre Mutter braucht nicht alles zu wissen. Sie kommt in einer Stunde nach Hause.

Im Gewusel der unglaublich vielen Menschen im Park war man kaum aufgefallen. Ben hatte schon dagestanden. Ob sie Zeit habe? Um vier hatte ursprünglich ihre Trommelgruppe auf dem Plan gestanden. Davon sagte sie nichts. Sie waren durch den Park gegangen. Ben hatte über Chatrooms, Computer, Netzwerke, Programme geredet. Dann begann es zu regnen. Er wollte sich verabschieden. Tatsächlich hatte Ben kein Geld besessen, um mit ihr in ein Lokal zu gehen. Lena nahm ihn mit nach Hause.

Soeben kommt er aus dem Bad, lässt das Handtuch fallen, küsst sie zärtlich, umarmt sie, sinkt erneut mit ihr in die Kissen, steht schließlich auf, um sich anzuziehen.

Sie verabreden sich für morgen. Direkt nach der Schule.

***

Der Zug U 4 fährt zum Hauptbahnhof. 21 Uhr 54. Kurz vor dem Ziel taucht die Bahn in den Untergrund, wo die Tunnelröhre in einer Kurve nach links abbiegt. Der Lokführer registriert lakonisch, dass eine dieser Deckenleuchten nicht brennt. Da liegt eine Gestalt auf den Schienen. Er aktiviert alle Bremsen.

Zu spät.

***

Kriminaloberkommissar Matthias Offenbach setzt den Papp-Becher mit Kaffee auf seiner Schreibtischplatte ab. Er sieht Kommissarin Jana Babenhäuser auffordernd an.

„Johanna Preschtel, 1.5.94 geboren, Eltern getrennt lebend, wohnt bei der Mutter, er Banker, sie Ärztin, zwölfte Klasse Schiller-Schule, Abitur im kommenden Frühjahr. Habe eben ihren Mathe-Lehrer interviewt, ein Doktor Hanns, 1954 geboren, fünfundzwanzig Jahre im Schuldienst, verheiratet mit einer Apothekerin, die nach einem Unfall im Rollstuhl sitzt. Hält Johanna für eine durchschnittliche Schülerin. Sie schwimmt in einer Wettbewerbsgruppe, Mitglied der Schultheater-AG, liest viel, chattet gelegentlich."

Matthias schaut zu Kommissar Volker Bergen.

„Können wir den Lokführer vernehmen?"

„Ja. Erstaunlich gefasst, Matthias. Sie lag auf den Schienen, als schlafe sie. Keine Chance. Mehr sagt er nicht." Es klopft. Eine junge Frau bringt Offenbach einen Aktendeckel. „Die Obduktion. Unser Medizinmann rief mich schon an. Nicht sehr appetitlich das Ganze. Blut ohne Ende. Kopf regelrecht abgeschnitten. Genau wie die Füße. Er fand in ihrem Körper eine Überdosis Chloroform, $ChCl_3$, wie die Formel heißt. Es wurde früher von Chirurgen zum Narkotisieren benutzt. Man nimmt es in flüssiger Form zu sich oder durch Inhalieren. Moment, etwas Neues: Die Leiche ist schwanger. Wow. Sechste bis achte Schwangerschaftswoche. Eindeutig.“

***

Lena sitzt mit Oli im Arabica ganz hinten auf einer Bank. Benjamin steht vor ihnen: „Gut, dass sie uns schulfrei gegeben haben. Einfach unfassbar. Ich hab erst gestern vor der Klausur mit ihr gesprochen.“ Er schaut Oliver an.

„Ich weiß, was Ihr denkt. Wir sind ein Paar. Aber in den letzten acht Wochen war Funkstille. Genau genommen seit sie wusste, dass ich nicht mit nach Rom durfte.“

„Wir saßen schon ewig nicht mehr zusammen im Café.“ Lena greift sich ein Papiertaschentuch.

„Gestatten, Jana Babenhäuser“, sie zeigt ihnen eine Polizeimarke, „Doktor Hanns verriet mir, dass ich Euch wahrscheinlich hier finde.“

***

„Volker, hast Du den Tagesablauf?“

„Ja, einigermaßen, Matthias. Nach der Schule ging Johanna kurz in die Hypo Bank, wo ihr Vater arbeitet. Den schnorrte sie um Geld an. Danach besuchte sie Annikas Fitness-Studio, wo sie aushilfsweise arbeitet. Gegen fünf ging sie nach Hause zum Umziehen. Kurz nach sechs ging sie weg. Um zehn lag sie vor der U-

Bahn. Ihr Handy liegt im Bereich IV. Unsere Kollegen brauchen den Pin-Code der Telekom — die Richterin hat ihn schon angefordert. Die Mutter gab mir den Tablet-PC. Den untersuchen sie dort ebenfalls gerade. Passwortgeschützt."

„Es fehlen vier Stunden. Was weißt Du, Jana?"

„Bis vor zwei Monaten gab es ein Verhältnis mit einem Oliver aus der gleichen Klasse. Das ging ungefähr ein halbes Jahr. So richtig fest. Gegenseitiges Übernachten. Alle wussten das. Sie fuhren zusammen nach England für zwei Wochen. Beide sind Einser-Kandidaten in Englisch. Auf SMS oder E-Mails antwortete sie plötzlich nicht mehr. Regelrecht Schluss machte sie nicht, behauptet Oliver. Es gibt zwei weitere Schulfreunde. Benjamin. Erst ein halbes Jahr in dieser Schule, Mathe- und Chemie-Crack, eigenes kleines Labor, kaum Kontakt. Unter vier Augen gab er jedoch zu, dass er in Rom am letzten Tag mit Johanna geschlafen hat. Zu diesem Schulausflug konnte Oliver nicht mit; Lena ebensowenig. Lena. Seit Jahren eng mit Johanna befreundet. Gelegentlich büffelten sie zusammen. Seit etwa einem Monat gab es kaum Kontakte."

Es klopft. Ein bärtiger Mann in einem karierten Hemd geht auf Offenbach zu: „Das Tablet konnten wir knacken. Alle Passwörter im Browser. Seit vier Tagen kein Besuch in ihrem Chatroom. Davor unregelmäßig. Ihre E-Mails werten wir gerade aus. Es gibt Nackt-Bilder auf ihrer Festplatte. Sogar einen kleinen Film. Darin sieht man, dass sie ein ziemlich inniges Verhältnis mit einem älteren Pärchen in einem Fitness-Studio zu haben scheint."

***

„Seit wann kennen Sie Johanna?" Jana Babenhäuser schaut Annika direkt in die Augen.

„Vor einem halben Jahr suchten wir eine Aushilfe für den Tresen. Wir mochten uns sofort. Mein Mann wirkt manchmal ein wenig autoritär. Trotzdem: Kein Problem für Johanna. Erstaunlicherweise. In dieser Zeit freundeten wir uns an. Sie wollte, ja sollte, irgendwann bei uns einsteigen, finanziell. Oh Gott, furchtbar das alles." Sie fährt sich über das Gesicht.

„Hören Sie mir bitte zu: Als ich hereinkam, roch es eindeutig nach Gras. Uns liegt Ihr E-Mail-Verkehr mit Johanna vor. Außerdem fanden wir intime Fotos auf ihrem Computer, sogar ein eindeutiges Video, auf dem Sie und Ihr Mann zu sehen sind. Zusammen mit Johanna. Alles Dateien der letzten drei Monate. Lief da etwas aus dem Ruder? Wurde Ihre Freundschaft so eng, dass Johanna sich irgendwann zum Problem für Sie entwickelte?"

Annika öffnet bedächtig eine Dose mit Whisky-Cola: „Gut. Ich will es kurz machen. Wir beide mochten uns von Anfang an. Das stimmt. Ich habe mich in sie verliebt. Ein paar Mal gingen wir zusammen in die Sauna. Bald wurden wir dort zärtlich miteinander. Vor etwa zwei Monaten zum ersten Mal gemeinsam mit Frank, meinem Mann. Später beide auch ohne mich. Aber das gefiel mir", stolz hebt sie den Kopf, „ich mag schließlich beide. Seit sie vor acht Tagen aus Rom zurückkam, lehnte sie Intimitäten allerdings ab. Vielleicht verliebte sie sich dort. Sie sprach nicht darüber. Wir ließen sie in Ruhe. Gestern war sie hier, um zu arbeiten. Fröhlich umarmten wir uns. Küssten uns. Jetzt sind wir sehr traurig."

***

41

„Wer kann sie geschwängert haben?" Offenbach schaut Jana an.

„Benjamin in Rom fällt faktisch aus, weil unser Arzt das Alter des Embryos mit sechs bis acht Wochen angibt."

Volker unterbricht sie: „Weiß Ben, dass er sie nicht geschwängert haben kann? Wir wissen nicht, wer überhaupt davon wusste. Wusste es Johanna selbst?"

„Lass mich bitte ausreden", Jana schaut auf ihren Block, „nachdem sie aus Rom kam, holte ihre Mutter ihr in einer Apotheke einen Schwangerschaftstest. Weil sie ihre Tage nicht bekam. Die waren schon vor Rom fällig. Der Test verlief positiv, wie ich von ihrer Mutter weiß. Oliver räumt ein, dass er ziemlich genau vor acht Wochen zuletzt bei ihr übernachtete. Dieser Frank kommt schließlich ebenfalls als Vater des Kindes in Betracht, der Fitness-Studio-Inhaber. Freilich sind das alles keine Mordmotive."

Offenbach macht sich Notizen: „Ben käme als Mörder infrage. Ein Chemie-Crack. Sogar ein eigenes Labor. Chloroform fordert ihn da wohl nicht besonders heraus. Weiß ich aus meiner eigenen Schulzeit. Für Oliver wäre eine Schwangerschaft seiner Freundin so kurz vor dem Abitur sicherlich eine Katastrophe. Moment: Die Fitness-Inhaberin: eine abgebrochene Chemikerin. Aber sie kommt meines Erachtens kaum in Frage; beide hätten sie das Kind wahrscheinlich kriegen lassen, um sie enger an sich zu binden."

„Noch eine Verdächtige: Johannas Mutter ist Ärztin. Ärzte können alles besorgen", brummt Volker Berger. „Da kommt Klaus."

Der Bärtige aus dem Computer-Ressort legt Offenbach einige Ausdrucke hin: „Das Mobil-Telefon. Ich denke, Du hast jetzt einen dringend Tatverdächtigen. Er hat mit ihr gesimst."

***

Die drei Ermittler sitzen in einem Raum, der mehr an eine Bibliothek als an ein Wohnzimmer erinnert.

„Wir glauben Ihnen nicht, dass Sie uns nichts weiter sagen können. Fatalerweise speicherte Johanna nämlich den SMS-Verkehr mit Ihnen auf einer sogenannten Wolke. Für alle Zeiten sozusagen. Ihre älteste Nachricht ist über drei Jahre alt. Unsere Indizien sind schlagend. Eine Flucht sinnlos. Ihre Frau sitzt im Rollstuhl. Wenn Sie geständig sind, könnte das Ihre Schuld mildern. Eventuell sogar einiges andere, Herr Doktor."

Der Mann blickt zu Volker Bergen, der an der Tür steht, zu Jana Babenhäuser, die am Fenster lehnt. Schließlich setzt er sich Offenbach gegenüber. Er zündet eine Pfeife an. Seine Stimme klingt heiser: „Ich will Ihnen erzählen, was Sie wissen wollen."

„Wann fing das an mit Johanna?"

„Ziemlich genau vor vier Jahren. Es gab zwei Klassenarbeiten unter fünf Punkten. Deshalb bat sie mich um Nachhilfe vor der Zeugnisklausur. Das lehne ich normalerweise ab; bei ihr machte ich eine Ausnahme. Ich habe mich sogar darauf eingelassen, gemeinsam mit ihr ihre Klassenarbeit nachträglich zu verbessern. Wiewohl ich weiß, dass ich damit meine Pflichten als Lehrer, sagen wir mal, verletzt habe."

Jana blickt auf einen der Ausdrucke: „Sie haben Johanna zu einem sexuellen Dienst genötigt. Eine Fünfzehnjährige, Herr Oberstudienrat."

Offenbach hebt beruhigend seine Hand.

„So ging es weiter: In der Oberstufe verlor sie in Mathematik den Anschluss. Zumal sie nicht mehr zur Nachhilfe kam. Stets wenn Klausuren anstanden, bogen wir sie nachträglich gemeinsam so hin, dass ich ihr eine Drei geben konnte. Vor etwa zwei Monaten war sie plötzlich völlig verändert: Ohne Anlass schrieb sie, dass sie mich zu sehen wünsche. Schon als sie hereinkam, liebkoste sie mich so euphorisch, dass ich das Gefühl nicht loswurde, sie nehme Drogen. Erst recht, als wir uns die Kleider auszogen. Wir schliefen ausgiebig miteinander. Bestimmt zwei Stunden. So lange ging es sonst nie mit uns. Als sie vor einer Woche aus Rom zurückkam, erklärte sie mir, dass ihre Periode ausblieb. Sie machte einen Test. Positiv. Ich habe sie angefleht, dass sie es wegmachen lassen soll. Schon wegen meines Postens als stellvertretender Schulleiter. Sie lehnte ab. Mit einer SMS."

„Die mag ich nicht vorlesen, Herr Doktor Hanns", knurrt Jana und reicht das Blatt an Volker Bergen weiter.

„12.12. 15:15h : Immer wolltest Du nur, dass ich Deinen dreckigen Schwanz lutsche. Ein unschuldiges Kind hast Du behandelt wie eine Hure. Ein einziges Mal machten wir richtig Liebe miteinander. Jetzt trage ich Dein Kind in meinem Bauch. Wie Du das Deiner Frau beibringst, interessiert mich nicht. Deine Karriere genauso wenig. Du bist der Vater. Ich bin froh, denn Du wirst bluten."

„Ich habe ganz offen mit meiner Frau darüber diskutiert. Eine Apothekerin weiß jederzeit Rat. Johanna bot ich ein Gespräch an, Montag, einundzwanzig Uhr. Als Johanna auf diesen Stuhl saß, habe ich sie mit einem Gürtel blitzschnell an die Rückenlehne gefesselt. Sie schrie. Ich warf ihr eine Decke über. Dann habe ich Johanna chloroformiert. Mit einer Haube, wie sie manche muslimischen Frauen tragen, verdeckte ich ihr Gesicht. Von meiner Frau lieh ich mir einen Rollstuhl, in den ich Johanna setzte. Zu Fuß brachte ich sie zu den Gleisen. Lediglich drei Minuten von hier. Sobald eine Bahn hineingefahren war, schob ich sie in den U-Bahn-Schacht. Ich legte sie auf die Schienen. Sie schlief ganz fest."

Von den Freuden des Schwitzbades

Tanja hat sich im Schlaf gedreht. Wie zufällig schiebt sich Pauls linke Hand in ihr Dekolleté. Vorsichtig linst er an der Kopfstütze vorbei nach vorn. Vom Fahrer droht keine Gefahr; Pauls Hand befindet sich im toten Winkel. Ebenso Tanjas Kopf, der in Pauls Schoß liegt.

Claus Purger steuert den Wagen. Er fährt nach Karlsruhe. Seit dem Start vor einer halben Stunde schweigt er. Auf dem Beifahrersitz steht ein großer Pappkarton. Deshalb sitzen seine beiden Angestellten hinten. Tanja ist noch müde. Sie liegt quer über die hintere Sitzbank ausgestreckt, ihre Füße gegen die Tür auf der anderen Seite. Paul sieht ein Hinweisschild vorüberfliegen: Heidelberg. Vermutlich sind sie in einer halben Stunde am Ziel.

Unendlich langsam bewegen sich Pauls Finger nach rechts. Samtartig fühlt er Tanjas Haut. Sie atmet gleichmäßig. Am Stoff der Sommerbluse spürt er kaum Widerstand. Einen Büstenhalter trägt sie nicht. Sein Mittelfinger spürt ihre Brustwarze.

Paul wurde gerade achtzehn. Mit Frauen brachte er so gut wie nie etwas zustande. Wenn immer er einem Mädchen näher kam, in Diskotheken oder beim Schwimmen, endeten solche Versuche als Tragödie.

Im letzten Jahr begann er seine Lehre. Als Einzelhandelskaufmann im Fotostudio C. Tanja ist seine Ausbilderin. Wenn er sich richtig erinnert, feierte sie im Februar ihren dreiundvierzigsten Geburtstag. Aber dieses Alter sieht ihr keiner an, weil sie klein ist, eine schlanke Figur hat, ihr schulterlanges Haar stets offen trägt, sich sportlich kleidet.

Morgens radelt sie ins Geschäft. Meist trifft sie zeitig ein. Dann wäscht sie sich in der Küche. Nachdem er das heraus fand, steht er extra früher auf, um sie dort heimlich zu beobachten, wenigstens beim Umziehen. Bis vor zwölf Jahren war Tanja verheiratet. Er weiß es von Lisa, in die er sich verliebt hat – auch wenn sie nichts davon ahnt. Lisa ist die Freundin von Tanjas Tochter Mirjam. Tanja arbeitet als Verkäuferin im Fotostudio C. Sie ist alleinerziehend, seit sie geschieden wurde.

Pauls ganze Hand liegt nun auf ihrer linken Brust. Vorsichtig knetet er sie ein wenig. Sie werden bald ankommen. Zentimeter für Zentimeter schiebt er seine Hand auf die andere Brust, streichelt sie, drückt vorsichtig.

Da taucht ein Schild auf: Karlsruhe. Die Fahrt wird langsamer. Tanjas Oberkörper bewegt sich. Paul zieht seine Hand unter dem Stoff hervor. Tanja wacht auf. Sie schaut ihn an, reibt sich die Augen, schwenkt die Beine nach vorne, setzt sich gerade, tippt Claus Purger auf seine Schulter. Mit einem Blick auf das Navigationsgerät sagt er, sie seien in fünf Minuten am Ziel.

***

Denis kommt barfuß aus dem Bad. Er trocknet sich gerade ab. „Unser Häuptling ist ausgeflogen. In Karlsruhe gibt es eine Sony-Präsentation."

Julia stellt eine Tasse mit dampfendem Kakao auf den Tisch. „Super. Wer fährt mit?"

„Tanja ist dabei. Und Paulchen. Im Laden habe ich heute Kathrin. Stell Dir vor: Ihr Sebastian fand endlich einen richtigen Job: als Foto-Redakteur bei einer Möbelzeitschrift. Er holt sie am Abend ab. Kathrin fragte, ob ich Lust hätte, danach mit den beiden ein Bier zu trinken. Ich mag ihn."

„Passt mir gut. Heut ist Freitag. Ich geh zum Damenskat."

„Nebenbei: Weißt Du, wer früher mit Tanja verheiratet war? Kathrins Sebastian. Habe ich jetzt erst erfahren."

„Ist nicht wahr."

„Beide haben keinen Schimmer, dass ich es weiß."

„Moment. Tanjas Tochter ist fünfzehn. Da war Sebastian siebzehn, höchstens achtzehn, als sie die gemacht haben. Dabei ist Tanja zehn Jahre älter als er."

„Bei unserem Häuptling ist der Altersunterschied noch größer – nur umgekehrt."

„Apropos: Claus Purger rechnet sich bei mir immer noch Chancen aus."

„Solange er glaubt, dass er Dich irgendwann herumkriegt, hast Du im Büro Narrenfreiheit. Zieh am Montag für ihn wieder was Kurzes an. Das mag er."

„Hatte Herr Purger mal was mit Tanja? Die beiden sehen sich manchmal so merkwürdig an."

„Vielleicht früher mal. Sie ist halt schon viele Jahre da. Unser Häuptling steht ausschließlich auf junges Fleisch. Also Du, oder Kathrin. Am liebsten unsere Azubine. Er fotografierte sie in Unterwäsche. Für einen Katalog. Da war aber seine Viola dabei."

„Wäre ich Frau Purger, würde ich mich woanders schadlos halten. Ob sie weiß, wo er überall rumbaggert?"

„Viola tut stets so, als ahne sie nichts. Im Übrigen soll sie ein Bratkartoffelverhältnis in Sachsenhausen haben."

„Lässt Du mich nachher an dem Kreisel raus? Dann komme ich zehn Minuten nach Dir ins Geschäft. Ist besser so."

„Genau. Heut Abend könnte es spät werden. Wir sehen uns morgen Nachmittag."

***

Anna erscheint im Türrahmen als zarte Silhouette. Sie wirbelt herum, um Fabian hinterher zu winken, der in seinem zerbeulten Ford davon fährt. Ein bisschen neidisch betrachtet Viola den biegsamen Körper im frühen Gegenlicht. Anna dreht sich um. Viola lacht breit: „Als wärest Du eine Enkelin von Candida Höfer. Oder sie selbst als U-20-Ausgabe. Guten Morgen. Trink einen Kaffee mit mir."

Anna legt misstrauisch ihre Tasche auf die Theke, nimmt sich eine Tasse, reicht zögernd ihrer Chefin die Hand. „Gern." Sie kann sich vorstellen, dass Frau Purger sehr genau weiß, dass ihr Mann ein Auge auf Anna geworfen hat. Und das wird ihr bestimmt nicht recht sein.

„Dein Verehrer gefällt mir. Haltet zusammen." Sie nickt Anna mit einem offenen Lächeln zu. „Als ich Claus geheiratet habe, dachte ich mir, wenn ein Mann fünfundzwanzig Jahre älter ist, kommt er bestimmt nicht auf die Idee, fremd zu gehen. Weil er sich freut, dass er so eine junge Frau gefunden hat. Eventuell verliert er schon bald überhaupt die Lust am Sex."

„Ist das so?"

„Ganz im Gegenteil. Nun ist er bald sechzig. Und er wird immer gieriger. Ich verfolge seine geilen Blicke seit sechs Jahren. Auch wenn ich aus Prinzip nicht eifersüchtig bin. Wenn ich Dich dagegen anschaue, verstehe ich ihn. Was Du trägst, gefällt mir ja ebenso. Vor allem im Sommer. Für ihn ist das nebenbei zweitrangig – Hauptsache viel Haut. Andererseits schießt sein Adrenalinspiegel schon nach oben, wenn überhaupt ein weibliches Wesen sich nähert. Der würde ohne Honorar an der Hochschule dozieren – bloß wegen der Studentinnen." Sie lacht hell auf. „Eines wollte ich Dir jedoch schon lange sagen, Anna: Ich mag Dich sehr. Am meisten schätze ich an Dir, wie Du Deine Arbeit liebst."

„Danke Frau Purger." So eine lange Rede hat Anna in zwei Jahren nicht gehört. Nicht von ihrer Chefin. Überhaupt fällt ihr auf, dass Viola Purger entspannt aussieht. So wirkt sie nur, wenn Claus Purger weg ist.

„Sei vorsichtig, Anna. Ich habe die Gabe, Deine Gedanken zu lesen." Ihre Chefin lacht richtig laut. „Du hast sogar ein bisschen Recht: Es passt mir gut, dass Claus manchmal unterwegs ist. Trotzdem freue ich mich immer, wenn er zurück kommt."

Diese ehrliche Aussage verwirrt Anna ein bisschen. Bloß um etwas zu sagen murmelt sie: „Nebenbei: Fabian, mein Freund, fragte mich, ob ich einen Privatdozenten Doktor Claus Purger kenne. Er besucht ein Seminar bei ihm."

„Vielleicht bringt es ihm Vorteile, wenn Du unserem Chef gelegentlich sagst, dass dieser Fabian Dein Freund ist."

„Ich habe mich nicht getraut."

Viola streicht ihr über den Rücken. „Du musst klug vorgehen, Anna. Von Claus Purger wirst Du alles bekommen, was Du willst, so lange Du ihm nicht nachgibst. Ein Tipp von mir: Je nach Sachlage ist es Deinem reizenden Chef ganz egal, ob Du in einer Beziehung lebst. Um Dich zu beeindrucken, lügt er Dir das Blaue vom Himmel. Irgendwann bittet er Dich zum Beispiel, Deinen Büstenhalter auszulassen; ein Textil, welches er verabscheut. Tust Du es, macht er Dir Komplimente, so gut hättest Du noch nie ausgesehen. Dabei sieht er Dein Nachgeben nur als Signal, Dich anzufassen. Auch da, wo es Auszubildende ihrem Chef niemals gestatten sollten. Doch ist dies nur sein Einstieg. Hätte ich mich heraus gehalten, wäre Deine Vorgängerin irgendwann ohne Unterhose im Atelier herumgelaufen. Weil er es wollte. Er ist ein Nimmersatt."

„Er ist ihr Mann."

„Diese Tatsache allein würde ich ja noch verkraften. Doch ganz im Vertrauen: Ich liebe ihn."

***

Drei Uhr nachmittags. Claus Purger verhandelt mit irgendwelchen Geschäftsfreunden. Tanja dürfe sich mit Paul ein wenig bei Sony herumtreiben. Oder sich die Stadt ansehen. Im Übrigen sei es ihre Freizeit. Um halb sieben wollte er sich an der Hotelbar mit ihnen treffen. Für ein anschließendes Abendessen.

Tanja ruft ein Taxi, das beide ins Hotel bringt. Sie zeigt Paul die Minibar in seinem Zimmer. Zwei kleine Fläschchen Sekt nimmt sie heraus. Ob er Lust habe, sich im Wellness-Bereich umzusehen?

Was es dort gebe?

Schwimmbecken, Ruheräume oder eine Sauna, antwortet Tanja. Alles inklusive. Wenn es ihnen irgendwo gefalle, probierten sie es einfach aus.

Tanja geht in ihr Zimmer. Ein Stockwerk höher. Sie holt ihre Badesachen.

Vor ein paar Tagen nahm sie Paul zur Seite, um mit ihm zu sprechen, was man alles für eine Nacht im Hotel braucht. Er solle auf keinen Fall vergessen, eine Badehose einzupacken. Als er diese gerade anzieht, kommt Tanja zurück. Sie trägt einen Kimono über einem fröhlich bunten Bikini. Neben einem Regal finden sie einen Bademantel, Handtücher, Saunapantoffeln, selbstverständlich mit dem Emblem des Hotels. Toilettenartikel hortet Tanja in ihrer großer Tasche.

Nach einigen entspannten Runden im Thermalbad wechseln sie in den Ruheraum. Tanja dreht ihm den Rücken zu, zieht den Bikini aus, trocknet sich ab, wirft ihren Bademantel über, streckt sich auf einer Liege aus. Paul betrachtet sie aufmerksam – und tut ein Gleiches.

Er war nie in einer Sauna, weiß aber, dass man sich dort ganz auszieht. Außer ihnen sind keine Saunagäste da am Nachmittag. Schon während Tanja ihren Bademantel abstreift, schlägt sein Herz schneller. Sie fangen auf der obersten Bank an. Er sinkt zurück auf das Handtuch. Als Tanja ihre Beine anzieht, legt

Paul sich ein wenig zur Seite, um einen verstohlenen Blick zwischen ihre Oberschenkel zu riskieren. Schnell schiebt er die Hand nach unten, weil Blut in sein Geschlecht schießt. Dies passiert jedes Mal, wenn sie eine Bankebene tiefer aufsuchen.

Nach der obligatorischen Dusche schlägt Tanja vor, sich, statt hier unten, oben im Zimmer zu entspannen. Dazu breitet sie beide Handtücher auf sein großes Bett. Tanja legt ihren Kimono ab. Mit offenem Mund beobachtet er, wie Tanja ihm den Mantel abstreift. Mit ein wenig Body-Lotion beginnt sie, ihm behutsam den Körper einzureiben.

***

Kurz nach Mitternacht. Kathrin sitzt auf einem Barhocker in einer schummrigen Ecke des Blue Velvet. Denis steht neben ihr. Sebastian ist zur Toilette.

Kathrin lacht mit fast geschlossenen Lippen. „Fünf Jahre sind wir verheiratet. Ziemlich glücklich sogar. Sebastian ist so ein Lieber. Aber ganz unter uns: Im ehelichen Schlafzimmer fühle ich mich manchmal, wie soll ich sagen, nicht ganz ausgefüllt." Sie hat bereits eine schwere Zunge. Wie zufällig landet seine Hand auf ihrem Oberschenkel. Kathrin protestiert nicht.

Zögernd schiebt Denis die Hand nach oben. Er schaut sich um. Dann küsst er sie auf ihren Mund. Langsam stellt er sich wieder gerade hin. Kathrin leckt sich genießerisch die Lippen.

Sie spricht bedächtig: „Magst Du Dir vorstellen, es einer scharfen Tussi einmal so richtig zu besorgen, eventuell sogar zusammen mit einem anderen Mann?"

Denis erstarrt. „Wie meinst Du das?"

Sie streichelt seinen Handrücken: „Ich wünsche mir manchmal ein bisschen mehr, länger, intensiver, bis die Hormone im Hirn explodieren." Kathrins Mund stößt an sein Ohr: „Warum nicht einmal mit zwei Männern? So richtig glibberig, nacheinander, gleichzeitig, brutal, oral, anal, wie im Internet?"

Seine Hand liegt auf ihrem Oberschenkel, als wäre sie aus Stein. „Das meinst Du nicht im Ernst?"

Erneut lacht sie mit geschlossenem Mund. „Nie im Leben", Kathrin legt seine Hand auf die Tischplatte, „war doch nur ein Scherz. Wollte mal sehen, wie Du reagierst."

Sebastian taucht auf. Er bestellt eine neue Runde.

***

Zwei Uhr nachts. Paul schiebt seinen Magnetkartenschlüssel in den Schlitz. Seine Zimmertür schwingt auf. Er nimmt die Magnetkarte an sich. Paul zögert. Er schließt die Tür wieder. Auf der Treppe verschwindet Tanja soeben nach oben.

Am Nachmittag erlebte er körperliche Liebe. Zum ersten Mal. Eine ganz neue Welt für ihn. Wenn er die Augen schließt, spürt er immer noch Tanjas heiße Haut. Aber auch wenn er platzt: Er darf mit niemandem darüber reden. Das hat er ihr geschworen. Jetzt schwankt er ein wenig. Nach dem Essen lud Purger sie beide in einen Nachtclub mit Striptease ein. Eine unglaubliche Show. So etwas sah Paul bisher nur im Netz. Demgegenüber: Zwei Meter Distanz zu einer wildfremden nackten Frau – das ist völlig anders. Lediglich der Champagner macht ihm zu schaffen; Alkohol ist er nicht gewöhnt. So leise wie möglich folgt er Tanja nach oben. Nun sieht er sie vor ihrer Tür.

Schön sieht sie aus. Zerbrechlich fast. Gar nicht wie dreiundvierzig. Paul ringt nach Atem. Er steht im Schatten. Im Dämmerlicht des Flures zieht sie ihren Magnetkartenschlüssel heraus. Da öffnet sich eine Tür gegenüber. Claus Purger tritt heraus. Er nimmt ihr wortlos den Schlüssel ab, legt schweigend seinen

Arm um ihre Schultern, schiebt sie in sein Zimmer, schließt die Tür hinter ihnen.

***

Als Paul am Morgen aufwacht, steht Tanja vor seinem Bett. Seine Tür war wohl nicht verriegelt. „Du hast vergessen, dass wir um acht im Sauna-Bereich verabredet sind." Sie trägt einen Bademantel.

„Wo ist Herr Purger?"

„Sicher schon da. Mach Dir keinen Stress. Wir wollen erst um zehn zum Brunch. Haben wir doch gestern alles besprochen." Sie wirft ihm seinen Bademantel zu. „Purger sagt, dass er samstags stets vor dem Frühstück sauniert."

Paul erinnert sich erst allmählich.

Vor der Sauna im Keller hält sie ein uniformierter Hotelpage auf: „Warten Sie. Sie können jetzt nicht hinein."

Im gleichen Augenblick drängeln sich drei Lederjacken-Männer an ihnen vorbei. Einer zeigt dem Pagen eine Polizeimarke. Der andere zieht einen Vorhang zur Seite. Lediglich die Rückansichten von zwei Sanitätern sind zu erkennen.

Im Foyer erfahren sie, dass unten eine Leiche gefunden wurde. Zwei Minuten später wissen sie: Es ist Doktor Claus Purger.

***

„Fassen wir zusammen: Um halb acht wünschte ein Saunapage ihm quicklebendig einen guten Morgen. Um zehn vor acht lag er auf dem Boden. Wahrscheinlich von der Bank gerollt. Vermutlich Herzinfarkt." Kommissar Fritz Breckmann hebt seine Kaffeetasse. „Was sagen seine Begleiter, Gerd?"

„Er betreibt ein Foto-Geschäft in Frankfurt. Gestern war er bei einer Firmenmesse im Sony-Building. Zwei Leute sind mitgekommen: Ein Auszubildender, eine Verkäuferin. Beide führte er am Abend nach dem Essen in die Broadway-Bar. Dort verabredete man sich für heute Morgen acht Uhr zum Sauna-Gang, um anschließend gemeinsam zu frühstücken. Beide versichern glaubhaft, dass es keinen Streit gab. Gegen zwei Uhr nachts holen alle drei ihre Schlüssel. Anschließend sind sie getrennt auf ihre Zimmer gegangen. Ein Nachtportier sah über eine Kamera, wie Purger alleine durch seine Zimmertür verschwand. Ebenso der Auszubildende. Heute Mittag hatte Purger vor, sie alle gemeinsam zurück nach Frankfurt zu fahren."

„Wie sprachen die beiden über Purger?"

„Von Beruf Fotografenmeister. Darüber hinaus trägt er einen Doktor. Als Privatdozent für Foto-Design an einer Hochschule. Seit sechs Jahren verheiratet mit, Moment, Viola Purger, Fotografenmeisterin. Ein Kollege in Frankfurt überbrachte ihr bereits die traurige Nachricht. Sie ist auf dem Weg hierher. Keine Kinder, keine Verwandtschaft. Wenigstens bis jetzt."

„Hatte er Geld?"

„Das Geschäftshaus gehört ihm. Gute Innenstadtlage Frankfurt. Näheres recherchieren wir gerade."

„Wir warten in jedem Fall auf Viola Purger. Wenn sie nichts dagegen hat, könnte die Verkäuferin mit dem Auto ihres Chefs den Stift nach Hause fahren. Wenn zutrifft, was unser Arzt vermutet, müssen wir ebenfalls nach Frankfurt."

***

Zwei Uhr nachmittags. Sobald sich Anna verabschiedet hat, schließt Denis die Tür von innen ab. Rasch geht er ins Lager. Dort wartet Kathrin. Sie sind alleine im Haus. Noch während sie sich umarmen, beginnen sie, sich gegenseitig zu entkleiden. Fünf Minuten später zerschneidet Julias schrille Stimme das Idyll: „Ihr Schweine. Claus Purger ist tot und Ihr seid am Ficken."

Denis steht vor einem Tisch. Auf der Tischplatte liegt Kathrin. Ihre Füße baumeln über seine Schultern. Beide sind nackt.

Denis fängt sich als Erster: „Seit wann bist Du samstags hier?"

„Wir bekommen eine Lohnsteuer-Außenprüfung." Ihre Stimme überschlägt sich. „Wollt Ihr Euch nicht wenigstens etwas anziehen? Ich komme in fünf Minuten wieder."

Julia geht hinaus. Beide greifen nach ihren Sachen.

Als Julia zurück kommt, hält sie eine Flasche Sekt im Arm. Kathrin greift mechanisch nach Papp-Bechern. Sie stellt jedem einen hin. Ihre Hände zittern ein bisschen. „Julia, Du wirst mich verstehen. Dies war eine absolute Ausnahme. Sag es niemandem. Vor allem nicht Sebastian. Bitte! Gib mir Dein Wort."

„Warum sollte ich Dir mein Wort geben? Aber gut. Geschenkt." Ihre Stimme klingt wieder schärfer: „Du holst Deine Sachen bei mir ab, Denis. Ich werde alles zusammenpacken. Deinen Karton kannst Du heute um acht vor meiner Tür auflesen. Untersteh` Dich, zu klingeln. Wirf den Schlüssel in meinen Briefkasten. Es gab nie eine echte Partnerschaft zwischen uns."

Kathrin nimmt Julias Arm: „Entschuldige, ich habe gar nicht gewusst, dass Ihr zwei ..."

„Auch geschenkt", Julia dreht sich weg, um sich die Nase zu putzen, „lasst uns auf Claus Purger trinken. Und auf die arme Viola."

Denis atmet auf. „Seit wann weißt Du es?"

„Unsere Chefin rief mich um neun auf dem Handy an. Sie fuhr anschließend nach Karlsruhe."

„Mit uns telefonierte sie um halb zehn aus dem

Auto." Kathrin hat sich beruhigt. „Weißt Du schon Neues?"

„Ja. Ich habe vor zehn Minuten mit Frau Purger gesprochen. Was glaubt Ihr, weswegen ich herunter gekommen bin? Erst dachte man, es sei ein Herzinfarkt. Das kommt vor bei fast hundert Grad. Später fand man Würgemale. Außerdem verkrustetes Blut. Vermutlich wurde er mit einer Art Garrotte erdrosselt, also einer Drahtschlinge."

„Da hat ihn wirklich jemand gehasst!" Kathrin stützt ihren Kopf auf die rechte Handfläche. „Hatte er denn Feinde?"

„Herr Purger war hinter allen Frauen her, die nicht schnell genug auf dem Baum waren", Julia sagt es ernst, „einmal machte er mich abends bei einem Disko-Besuch betrunken", sie spricht wie zu sich selbst, „am anderen Morgen bin ich neben ihm aufgewacht. Wenn Du das gewusst hättest, Denis."

„Ich habe es gewusst, war jedoch sicher, dass er Dich gezwungen hat. Deshalb habe ich nie darüber gesprochen. Unser Häuptling schrieb Dir nämlich einen Brief, mit Nackt-Fotos, Du auf dem Bett. Eines machte er wohl mit Selbstauslöser. Da war er ebenfalls drauf, wie er Deinen Busen anfasste. Diesen Brief habe ich heimlich über Wasserdampf geöffnet, bevor Du nach Hause kamst."

„So wie ich Dich kenne, hast Du sicherlich alles eingescannt, Denis", Kathrin spricht nun beinahe so, wie eine Kommissarin im Fernsehen, „damit bist Du nämlich ein Tatverdächtiger. Weil Du ein Motiv hast: Eifersucht."

Mit feuchten Augen bittet Julia: „Du löschst es sofort, ja?"

Kathrin legt ihr einen Arm um die Schulter: „Wenn wir wirklich ehrlich sind, hat jeder von uns schon einmal mit dem Gedanken gespielt, dass es besser wäre, wenn Claus Purger, also, wenn es ihn nicht gäbe. Gilt zumindest für die Frauen hier im Betrieb – und wie man hört, auch an der Uni."

„Mit solchen Aussagen sollte man sich momentan zurückhalten", murmelt Denis, „niemand weiß, wer es wirklich war. Was mich persönlich interessiert: Welchen Grund hättest Du denn gehabt?"

Kathrin holt Luft. „Das darf auf gar keinen Fall diesen Raum verlassen. Versprecht es mir." Beide nicken. „Es betrifft einen ganz lieben Menschen: Sebastian. Purger verführte ihn bereits mit sechzehn, als er hier ein Praktikum machte. Mit ihm fuhr er vierzehn Tage zum Bade-Urlaub. Sebastian ist stark kurzsichtig. Sein Foto-Design-Diplom hätte er ohne einen gewissen Doktor Claus Purger niemals bekommen. Was Sebastian dafür geben musste, war immer wieder Gay-Sex. Purger drohte ihm, seine Bi-Sexualität öffentlich zu machen. Sebastian besuchte Purger einmal im Monat. Selbst als wir schon zusammen waren. Schließlich überredete ihn Sebastian, ihre Liaison ein für allemal zu beenden. Der Preis war", sie zögert, sagt dann aber mit fester Stimme, „ein Dreier mit mir."

***

„Jetzt brauche ich erst einmal einen kräftigen Schluck." Tanja hat Paul mit Purgers Auto zu ihrer Bornheimer Wohnung gefahren. Sie mixt sich einen Whisky mit Cola. „Du auch?"

Paul nickt fahrig. „Ist Deine Tochter nicht hier?"

„Mirjam fuhr mit ihrer Französischklasse nach Avignon." Sie stoßen an.

„Sagst Du mir, wo ich die Toilette finde?"

Tanja zeigt es ihm.

Er hebt den Deckel, öffnet seinen Gürtel, lässt die Hose nach unten fallen, uriniert stehend, kommt schließlich zum Ende – da steht Tanja neben ihm.

„Darf ich helfen?" Sie kniet nieder, um sein tropfendes Glied zwischen ihre Lippen zu nehmen.

Paul ejakuliert nach einer Minute. Mit einem befreiten Lächeln streichelt sie seinen Po.

Kaum sind sie zurück am Tisch, läutet Julia.

„Du störst nicht", flötet Tanja, „wir sind vor zehn Minuten angekommen. Mir war nach einem Whisky."

„So einen könnte ich auch vertragen. Schöne Wohnung. Gut dass Paul da ist." Tanja mixt einen Drink für Julia. Sich selber gießt sie lediglich Whisky nach. Julia setzt sich. Sie erzählt, was sie durch Viola Purger erfuhr. „Er hatte nicht nur Freunde."

Paul schließt die Augen. Immer noch spürt er Tanjas Zunge auf seiner Haut. Er reißt die Augen auf. „Obwohl ich ihn erst so kurz kenne, fällt mir sofort eine Sache ein: Ich habe einmal ein Mädchen, welches ich schon länger im Auge habe, zu einem Konzert eingeladen. Sie heißt Lisa; sie geht übrigens mit Deiner Tochter zur Schule, Tanja. Herr Purger bot mir an, uns zur Festhalle zu fahren. Lisa saß vorne, ich hinten. Ununterbrochen erzählte Purger versaute Witze. Es war uns beiden peinlich. Am nächsten Tag bot Purger mir tausend Euro an, wenn ich ihm Lisa für eine Nacht vermiete. Er beschrieb ihre Vorzüge, als rede er über ein Auto. Da hätte ich zum Lustmörder werden können."

„Gut, dass Du es unterlassen hast." Tanja grinst ein bisschen.

Julia trinkt aus, bevor Tanja nachschenkt. „Du kennst ihn wohl am längsten Tanja. Sag doch was Nettes über ihn, jetzt wo er nicht mehr unter uns ist."

„Versprecht mir, dass Ihr meine Geschichte sofort vergessen werdet. Vor zwanzig Jahren fing eine Zweiundzwanzigjährige bei ihm als Verkäuferin an. Er war achtunddreißig, sah gut aus, war mit einer älteren, vermögenden Frau verheiratet. Sie war so schwer krank, dass sie mittlerweile in einem Pflegeheim lebte – kurz: seine junge Verkäuferin rechnete jeden Tag damit, dass er ihr ein unsittliches Angebot machte. Stattdessen fesselte er sie eines Abends im Keller auf ein Bett. Es diente keinem anderen Zweck. Er schlug sie mit einer Peitsche, zog sie aus, vergewaltigte sie schließlich wie ein Stück Vieh. Danach war er rhetorisch geschickt genug, es so hinzudrehen, als ob sie all das selbst von ihm verlangt hätte. Seine Verkäuferin war sowohl jung als auch dumm. Mit ihr besaß Claus Purger nun eine Frau, die sich freute, von ihm benutzt zu werden. Sogar einen gewissen Stolz dabei empfand, so etwas wie die Leibeigene des gutaussehenden, angehenden Professors zu spielen. Vier Jahre später schwängerte er sie. Mittlerweile hatte sie Dinge für ihn getan, die sich selbst eine wüste Fantasie kaum ausmalen will. Jedes weibliche Wesen im Laden verführte sie, mit ihm ins Bett zu gehen. Als sie schwanger war, beschloss er schließlich, sie frei zu geben, wenn sie einen ganz bestimmten jungen Mann dazu bringen würde, sie zu heiraten. Es war Kathrins späterer Mann Sebastian – ein siebzehnjähriger Schüler. Claus stand auf ihn. Purger war, wie man so sagt, nach allen Seiten offen. Sebastian sollte glauben, er sei bei Purgers Kind der Vater. Seine junge Verkäuferin tat alles wie befohlen; lebte sogar mit Sebastian drei Jahre einigermaßen glücklich. Purger gab den jungen Mann allerdings nie wirklich frei. Ebensowenig wie seine leibeigene Verkäuferin. Etwa alle vier Wochen fiel er über mich her. Zuletzt gestern." Tanja schaut Julia voll ins Gesicht: „Das musst Du dem Sebastian sagen. Dass er nicht der Vater von Mirjam ist. Heute Abend. Aber erst nach acht Uhr, wenn ich Mirjam vom Flughafen abgeholt habe. Auf keinen Fall vorher. Versprich es mir."

***

Kommissar Fritz Breckmann sitzt mit Gerhard Reich sowie Otto Paul in einem Büro, welches ihnen die Frankfurter Kripo auf der zweiten Etage der Gutleut-kaserne überließ. „Wem nutzt Purgers Tod? Wer beförderte ihn ins Jenseits?"

Reich fängt an: „Seinen Laden taxiert der Steuerberater auf drei Millionen, das Haus auf ebenso viel. Dazu kommt eine Eigentumswohnung, ein Wertpapierdepot, ein Sparkonto, alles zusammen noch einmal eine Million. Für sechs Jahre Ehe erhält Viola Purger sieben Millionen Euro. Kein schlechter Kurs. Dazu sicher eine Lebensversicherung. Einer fünfzehnjährigen Tochter der Verkäuferin vermachte er seine Foto-Kunst-Sammlung. Sobald sie achtzehn ist, darf sie darüber verfügen. Die Sammlung kaufte Purger vor Jahren zum Gegenwert eines Mittelklassewagens. Er wird nie erfahren, dass ihr Schätzwert inzwischen bei einer halben Million liegen soll. Erzählte mir sein Notar im Vertrauen."

„Otto, sag was zu dem Personal!"

„Alles solide Leute. Allein: Keiner mit einem wasserdichten Alibi. Außer Viola Purger. Die Kollegen erreichten sie um halb neun in ihrer Wohnung. Eine Buchhalterin wurde um neun angerufen, der Verkäufer gegen halb zehn. Allerdings hat niemand ein Motiv."

„Die Tochter der Verkäuferin weiß von ihrem Glück mit den Kunst-Fotos nichts, wie sein Notar betont", wirft Reich ein.

„Die einzige Person, der Purgers Tod wirklich nützt, ist seine Witwe – und sie dürfte es kaum gewesen sein. Dem Vernehmen nach war Claus Purger überall beliebt, vor allem bei seinem Personal, behandelte sie höflich, zahlte ordentlich, pflegte ein gutes Betriebsklima, vielleicht auch, weil er immer noch auf einen Professorenruf hoffte. Eine Auszubildende im Fotostudio erhält ordentlich Zulage, weil sie gelegentlich für Katalogaufnahmen modelt. Seine Buchhalterin bezahlt er wie eine Steuerberaterin. Sein Verkaufspersonal bekommt neben einem übertariflichen Gehalt Prämien für höhere Umsätze. Unseren Azubi Paul schickten sie innerhalb eines halben Jahren schon auf zwei Seminare."

„Ich habe ja mit Viola Purger gesprochen", Breckmann gießt sich einen neuen Kaffee ein, „sie war sehr gefasst. Reagiert so eine liebende Frau? Manchmal beschleicht mich so ein Gefühl, dass sie damit rechnete. Ich bin für eine Hausdurchsuchung."

***

Am Samstagabend verschließt Denis um acht Uhr die Ladentür von innen. Er geht ins Lager. Anna hat Softdrinks besorgt, Paul belegte Brötchen. Tanja holt ihre Tochter vom Flughafen. Sie kommt später dazu. Sonst sind alle da. Julia setzt sich auf einen Tisch: „Danke fürs Kommen. Polen ist offen, wie man sagt. Damit es alle wissen: Die Tatwaffe war ja verschwunden. Bei einer Hausdurchsuchung in Purgers Privatwohnung haben sie heute Nachmittag gegen vier genau so eine Garrotte gefunden, also so einen Würgedraht mit zwei Holzgriffen. Daran sind Blutspuren, die sie momentan untersuchen. Als Folge davon haben sie Viola Purger verhaftet. Sie ist dringend tatverdächtig. Frau Purger kennt die Garrotte. Claus Purger selbst habe sie aus Sizilien mitgebracht."

„Aber sie kann es gar nicht getan haben", wirft Kathrin ein, „sie war um halb neun hier. Der Mord passierte zwischen halb acht und zehn vor acht. Mehr als hundert Kilometer weiter. Da müsste sie schon geflogen sein."

„Mittlerweile vermutet die Polizei wohl einen Auftragsmord," – Julia hat mit dem Kommissar gesprochen – „am Nachmittag haben sie zwei Festplatten des Servers beschlagnahmt. Da droht neues Unheil, weil ich heute früh einige Dinge gelöscht habe: Claus Purger sammelte auf einem geschützten Sektor Kinderpornos."

„Sein Schwanz soll ihm abfaulen", rutscht es Anna heraus.

„Tut er jetzt sicherlich." Denis lächelt sarkastisch. „Viola Purger tut mir leid. Wie kann man ihr helfen?"

„Sie hat einen sehr guten Anwalt. Er scheint der Einzige zu sein, der ihr im Moment helfen kann."

„Das stimmt nicht ganz." Viola Purger steht wie ein Geist im Türrahmen.

Plötzlich reden alle durcheinander. Bis Julia aufsteht: „Nun lasst sie endlich erzählen, was los ist."

„Ich bin gegen Auflagen frei. Beispielsweise muss ich in Frankfurt bleiben. Mittlerweile steht fest, dass es sich eindeutig um die Tatwaffe handelt, welche bei mir gefunden wurde. Offenbar brachte sie der Täter, bevor ich zurückkam, zu meinem Haus. Der Mörder könnte die Garrotte durch ein offenes Fenster hereingebracht haben; er hängte sie genau an jenen Nagel, wo er sie wegholte. Vielleicht haben selbst Mörder so etwas wie Ordnungsliebe. Sämtliche Fingerabdrücke des Täters sind auf beiden Griffen erhalten. Er hatte nie die Absicht, irgendwelche Spuren seiner Tat zu beseitigen oder die Schuld auf jemand anders zu lenken. Er ging nämlich selbst zur Polizei. Nach eigenen Angaben fiel ihm eine große Last vom Herzen, als sie mich entlassen haben. Die Tat vollbrachte er ganz alleine."

„Aber sein Motiv", will Anna wissen, „warum tat er es?"

„Hass. Blanker Hass. Nach ihren Aussagen gibt es kaum einen hassenswerteren Menschen als meinen Mann."

„Nach ihren Aussagen?"

„Ja, nach Tanjas Aussagen. Sie hat es getan.

Und nachdem sie ihre Tochter vom Flughafen ab-
holte, stellte sie sich der Polizei. Ihr tut nur leid,
dass er das eigene Sterben nicht mehr spürte."

Blimp

„Marcel?"

Der Angesprochene bleibt in der geöffneten Fahrertür stehen: „Mein Herr, Sie verwechseln mich."

„Das glaube ich nicht. Zwanzig Jahre jünger. Vollbart. Die siebenflammige Granate."

„Pierre Breton, kein Zweifel. Hast Du Zeit? Steig ein." Marcel Gide spricht nach wie vor im Ton eines Vorgesetzten. Er öffnet die Beifahrertür seines Audi S 5.

„Habe den ganzen Tag frei. Mir scheint, Du hast es gut getroffen."

„Ich bin geschäftsführender Gesellschafter der Blimp Radolfzell GmbH. Hundert Mitarbeiter. Fünfzig Millionen Umsatz. Wir dämmen alles: Bauakustik, Gebäudetechnik, Belüfteranlagen, Trittschall, selbst Waffen oder Filmkameras. Wie geht es Dir? Du rasierst Dich immer noch nicht?" Er startet den Wagen.

„Vergiss es. Ich arbeite als Kellner in der Bahnhofsgaststätte. Denkst Du oft an damals?"

„Ehrlich gesagt nein. Willst Du mit uns zu Abend essen? Vielleicht habe ich eine Stelle für Dich. Nur eins: Legio Patria Nosta. Das war einmal. Mit meinem neuen Namen habe ich ein ganz neues Leben angefangen. Alles davor, der Raubüberfall, die Légion étrangère, unser Einsatz als Kampfschwimmer – das interessiert hier keinen. Kein Wort davon. Kein Wort Französisch heute Abend. Wir kennen uns aus der Schule. Das ist ein Befehl."

„Honneur et Fidélité."

Marcel Gide blickt schweigend nach vorne.

Pierre Breton denkt an einen Abend an der Elfenbeinküste. Als Plongeurs de l'armée de terre für den Kampfschwimmereinsatz in der Legion eingesetzt, bewachten sie zu zweit das Boot. Die Infanteristen befanden sich im Einsatz; der sollte bis zum Morgen dauern.

Im Boot fanden sie drei Flaschen Cognac. Als sie gerade die zweite öffneten, beobachteten sie im Dämmerlicht zwei dunkelhäutige Halbwüchsige, wie sie sich in die Büsche schlugen. André nickte Pierre zu. Sie griffen nach ihren Flinten. Die Jugendlichen schlotterten vor Angst. Ohne Widerstand ließen sie sich auf das Boot bringen. Sie hieß Josephine. Er René. Halbe Kinder. Pierre sperrte sie in den Maschinenraum. Marcel fuhr das Boot drei Meilen vor die Küste.

Eigentlich wollten sie sich nur amüsieren. Aber der Alkohol.

Marcel holte das Mädchen an Deck. Sie mochte sich nicht ausziehen. Er hielt sie fest. Pierre zerfetzte ihre Kleider.

Marcel wollte Spaß. Er bestand darauf, dass ihr Freund dabei zusehe. Pierre band das Mädchen an die Reling. Marcel zerrte den Jungen hinzu. Sie zogen ihn ebenfalls aus. Als er sie in gebrochenem Französisch beschimpfte, fesselten sie ihn an den Mast. Pierre schaltete eine Lampe ein. Marcel ritzte dem Jungen mit dem Seitengewehr die Haut an der Brustwarze auf. Blut tropfte hinab. René redete keuchend in seinem Uga-Uga-Dialekt mit Josephine. Dann versprach er, nicht mehr zu schreien. Josephine würde alles tun, was die Legionäre verlangten.

Josephine sah das anders. Die Männer schlugen sie. Schließlich nahmen sie sich mit Gewalt, wonach ihnen war. René sah schweigend zu. Doch irgendwann biss das Mädchen Marcel in die Hand. Reflexartig trieb er ihr das Kampfmesser durch den Hals.

Der Junge schrie. Ihn brachte Pierre mit einer Axt zum Schweigen. Er hievte beide über Bord. Marcel steuerte das Boot zurück. Die Sache kam nie heraus. Sie sahen sich nicht wieder, seit sie entlassen wurden.

Pierre Breton wagt es nicht, Marcel Gide darauf anzusprechen.

Marcel Gide versucht, sein Grübeln zu deuten: „Du denkst zu viel an damals. Heute ist heute. Schau, wir brauchen einen pfiffigen Mitarbeiter, der den Nachtdienst leitet. Da wird viel gefaulenzt. Vor kurzem schwängerte jemand eine Putzfrau; angeblich mit Gewalt. Es verschwinden Sachen. Ein jovialer Mitarbeiter wie Du könnte bei mir sechstausend im Monat verdienen. Interessiert Dich das?"

„Das interessiert mich sehr, Marcel."

„Du wirst gleich meine Frau Caroline kennen lernen", er spricht den Namen amerikanisch aus, „ihr Vater überschrieb mir die Fabrik. Eventuell besucht uns auch ihre Schwester Lotti. Die beiden interessieren sich vor allem für Pferde, ein bisschen für Hunde. Caroline gewann gestern ein Trabrennen. Das feiern wir mit einem kleinen Abendessen auf meiner bescheidenen Yacht. Vielleicht reden wir über die Firma. Im Übrigen quatschen wir über belanglose Sachen. Da vorne bin ich zu Hause."

Ein uniformierter Gärtner öffnet das schmiedeeiserne Tor. Die Auffahrt führt durch einen kleinen Wald zu einer beleuchteten Villa.

„Direkt hinter dem Haus beginnt der Bodensee; so flach, dass man um die Jahreszeit schon schwimmen kann. Dort liegt das Schiff."

Drei Bedienstete beeilen sich, alles auf das Boot zu bringen. Seiner Frau Caroline stellt er Pierre Breton als einen alten Schulfreund vor. Man habe sich Jahrzehnte nicht gesehen.

Caroline ist in Pierres Alter. Sie bringt ihn über die schwankende Brücke an Deck. Dort wartet die erste Flasche Champagner. Marcel wird nachkommen.

Nach einer halben Stunde bringt er ihre jüngere Schwester Lotti an Bord. Sie setzt sich Pierre Breton gegenüber. Während Caroline auf dem Vorderdeck die zweite Flasche Champagner entkorkt, wirft Marcel den Motor an. Er steuert die Yacht drei Meilen nach Süden, bevor er das Diner eröffnet.

Auf drei Pullen Champagner folgen doppelt so viele Flaschen erlesenen Weines.

Marcel umfasst die Hüften von Caroline. „Wir lassen Euch jetzt für eine paar Minuten alleine. Auf dem Achterdeck befindet sich nämlich unsere Raucher-Lounge."

Lotti schaltet die Lampe aus. Ein Viertel Mond spendet fahles Licht in einer klaren Sommernacht. Ihre Lippen sind feucht. Sie fasst nach Pierres Arm. bringt ihn zur Reling, geht zurück, um ihre Gläser zu holen. Pierre wünscht sich, dass er nach dem Essen einen Pastis Ricard weniger getrunken hätte.

Ein Geräusch von der Kajüte. Es erinnert ihn an das Entsichern dieser großkalibrigen FN-Pistolen. Lotti ist verschwunden. Plötzlich ist Marcel Gide da. Das letzte, was Pierre Breton sieht, ist das Mündungsfeuer. Es taucht seine Nasenwurzel in grünliches Licht.

Der Cocktail

Werner kommt aus dem Bad. Erstaunt erkennt er, dass sein Freund Mark hinter seiner Hausbar einen Drink für Gaby mixt. Seine Frau sitzt auf der Couch.

Mark bringt ihr das Glas.

Ohne Hast steht Gaby auf. „Ich zeige Mark rasch die Toilette im ersten Stock."

Nachdenklich blickt Werner zu der kleinen Tasche seiner Frau auf der Tischplatte. Ohne sie steht Gaby sonst nie auf. Sie wirft bereits einen Schatten in der Tür. Mark folgt ihr. Er dreht den Kopf zu Werner: „Wenn Du willst, mixe ich Dir nachher ebenso einen Cocktail."

Sobald sie ihn allein gelassen haben, greift Werner nach dem Täschchen, öffnet den Verschluss, spürt einen Zettel, schiebt das Stück Papier im Bruchteil einer Sekunde in die Rocktasche, zusammen mit einem einzelnen Schlüssel.

Es dauert gut fünf Minuten, bis beide zurück kommen.

Marks Gesicht erscheint ihm dunkler als vorhin. Er kann sich aber irren. Für Anfang Oktober ist es ungewöhnlich warm.

Gaby holt Marks Jacke. „Es regnet. Ich bringe ihn schnell nach Hause." Sie greift nach der kleinen Tasche neben ihrem Glas.

Durch die offene Tür strömt der Laub-Geruch eines Herbststurmes in das Haus. Werner spürt geradezu das heulende Brausen; seine Ohren konzentrieren sich auf das Geräusch des losfahrenden Autos.

Auf dem Zettel steht eine Telefonnummer. Sonst nichts.

Mit dem Schlüssel in der Hand rennt er hoch in ihr kleines Büro. In der unteren Schublade des Schreibtisches entdeckt er eine Kassette, die er nie zuvor gesehen hat. Der Schlüssel passt.

Als er die Kassette öffnet, blitzt es taghell durch das Fenster.

Ein Donnerschlag erschüttert das Haus.

Alle Lichter gehen aus.

Er schließt langsam die Kassette, versperrt sie, zieht den Schlüssel ab, kommt hoch, versucht sich im Dunkeln zu orientieren.

Der Sicherungskasten befindet sich auf der unteren Etage. Dort findet er eine elektrische Taschenlampe. Der Blitzschlag war so gewaltig, dass er die ganze Armatur etwa fünf Zentimeter aus der Wand drückte. Die Kipphebel der einzelnen Sicherungen lassen sich nicht mehr hinein drücken.

Werner schwitzt. Im Wohnzimmer scheint alles wie vorher. Auf dem Tisch steht das Glas. Gaby hat es nicht angerührt. Er setzt sich auf die Couch, greift nach dem Cocktail, schmeckt etwas Angenehmes auf der Zunge; es erinnert ihn an Schlehen-Likör, verbunden mit dem Glimmen von Grappa, vielleicht noch dem leichten Flackern mexikanischen Pfeffers. Er trinkt mit wachsendem Genuss.

Bis ihm das Glas aus der Hand fällt.

Einschnitte

Wortlos schiebt sie Tilman das Briefchen mit den unreifen Bambussprossen zu. Aus verschiedenen Kernen, Yamswurzeln oder Süßkartoffeln extrahiert ihr Mann in seinem privaten Labor gewisse Rauschmittel. Genauer will Sandra es gar nicht wissen. Er lächelt.

Ein guter Zeitpunkt zum Beichten: „Seit heute steht es fest: Ich werde nicht übernommen. Ab sofort bin ich freigestellt."

Tilman Tibus schaut sie überrascht an: „Der Klassenfeind schlägt zurück. Was wirft Dir Dein Schulleiter vor?"

„Blödsinn, Tilly. Klassenfeind. Du immer. Dass ich nicht übernommen werde, sagt das Regierungspräsidium. Den Soforturlaub verdanke ich der Gesamtkonferenz meiner lieben Kolleginnen."

„Ich dachte mir gleich, dass es Wellen schlägt, wenn es herauskommt. Darauf kannst du eigentlich stolz sein. Kratze an diesen spießigen Möchtegern-Intellektuellen: Du findest Banausen."

Wie gern wäre er selbst Lehrer. Allein: Er arbeitet als Chemiker beim Gesundheitsministerium. Den Kolleginnen in ihrer Grundschule neidet er die fünfzehn Ferienwochen. Wahlweise wirft er ihnen mangelndes Klassenbewusstsein vor oder Kollaboration mit dem System. Alle Menschen packt er in Schubladen.

Auch den Pianisten Michael Brieglitz, in den sie sich verliebt hat – was Tilly glücklicherweise nicht ahnt. Michael bezeichnet sich als Performance-Künstler. Zu einer Vernissage vor vier Wochen spielte er Klavier. Nur mit einer riesigen Sonnenbrille bekleidet räkelte Sandra sich nackt auf dem Flügel, als ‚Magdala Majestica', mit High-Heels an den Füßen. Michael trug lediglich halbhohe Schuhe. Er spielte eigene Werke. Tilly war verblüfft, als sie ihm sagte, was sie vorhatten – aber seltsamerweise einverstanden. Er fotografierte sie sogar.

Heute Abend steht die Finissage an. Ihnen bleibt gar nichts anderes übrig, als noch einen draufzusetzen. Sie sind seit drei Wochen ausverkauft. Michael Brieglitz wandelte dazu eine Idee von Yoko Ono ab. Er wird wieder nackt am Flügel sitzen. Sandra kauert davor am Rand der Bühne, im Schneidersitz oder so, mit nackten Oberarmen – doch sonst vollständig angezogen; naja fast jedenfalls. Sie haben sich extra einen Stufenlinsen-Scheinwerfer geliehen.

Auf dem Klavier liegt eine Schere. Alle Zuschauer dürfen nacheinander auf die Bühne kommen, um ihr mit der Schere das Kleid zu zerschneiden. Das ersteigerte sie für einen Euro bei Ebay. Jeder soll bloß einmal schneiden. Ist das Kleid irgendwann so in Fetzen, dass der Stoff herunterfällt, geht es weiter mit dem Büstenhalter oder dem Slip. Beides Teile, die sie ohnehin nicht mag. Sonst trägt sie nichts. Okay, ihre Schuhe. Die behält sie an. Erst wenn sie keinen Faden mehr am Leib hat, naht das Ende der Show. Oder wenn jeder im Publikum mit einem Schnitt dran war.

Wer immer auf der Bühne zur Schere greift, darf Sandra überall anfassen, wo er glaubt, dass es der Absicht dient, einen sauberen Schnitt zu tun, wie Michael in seiner Ansage erklären will. Sie wird still halten.

Durch den Vorhang sehen sie achtzig Menschen in dem kleinen Raum. Sie standen eine volle Stunde draußen, um einen guten Platz zu ergattern. Jeder bezahlt zehn Euro. Sobald Michael auf der Bühne auftaucht, brandet der Applaus los. Übermütig schlägt er mit den flachen Händen einige Cluster auf dem Piano. Sie münden in einen wehmütigen D-Moll-Akkord.

In dem kleinen Verschlag, den sie Garderobe nennt, legt Sandra den Kajalstift zurück. Rauschgift lehnt sie ab, seit sie bei Freunden gemeinsam mit

Tilly LSD probierte – ohne zu wissen, dass er alles auf Video aufnahm. Dass sie sich auszog, ging ja noch; aber ihre vulgären Ausdrücke wollte sie sich nicht verzeihen.

Für ihre Auftritte entdeckte sie etwas Besseres: Geschickt führt sie sich Vaginalkugeln ein. Die haben sie bereits bei ihrer letzten Performance stimuliert. Seitdem genoss sie ihr Spielzeug sogar im Dienst. Nicht einmal Michael weiß es; er glaubt, dass sie sich irgendeine Designerdroge von Tilman einfahre. Weil sie auf dem Flügel stets so selig lächelt.

Nun steht er auf, greift nach dem baumelnden Geschlecht, erklärt den Menschen über das Mikrofon einige Regeln für den Abend, setzt sich auf die Klavierbank, fährt mit dem Fingernagel über die Tastatur, greift nach dem Mikrofon.

„Ladies and Gentlemen. Magdala Majestica."

Sandras Stichwort.

Frenetischer Jubel des Publikums. Wie beim letzten Mal hat sie ihre Haare glatt zurück gekämmt. Dazu trägt sie eine große Brille ohne Gläser. Und die roten hochhackigen Schuhe. Ihre wahre Identität lüftete sie nur einer Kollegin, von der sie glaubte, dass sie eine Freundin sei. Allein: Die Freundin konnte den Mund nicht halten.

Die Gesichter ihrer Fans kann sie gar nicht sehen, weil sie durch das Scheinwerferlicht geblendet wird. Im Schneidersitz geht es nicht mit dem engen Kleid; es reicht bis über ihre Knie. Sie sieht eine zweite Klavierbank. Die steht neben dem Flügel. Schnell holt sie die Bank nach vorne. Vorsichtig lässt sie sich darauf sinken. Langsam spürt sie Wärme in ihrem Unterleib aufsteigen.

Ein junger Mann aus der ersten Reihe traut sich auf das Podium. Der erste Schnitt gilt einer Seite des Ausschnittes. Danach kommt eine Frau. Sie vergrößert den Schnitt, so dass bereits ein BH-Träger darunter erscheint. Ein graumelierter Herr legt ihr die linke Hand auf den Busen, während die rechte via Schere den BH-Träger durchschneidet. Sandras Stirn zeigt die erste Schweißperle. Das Publikum wird kesser. Die meisten Besucher sind paarweise eingetroffen, so dass fast jeder zweite Schnitt von einer Frau kommt.

Bald steht sie oben im Freien. Ihre Schultern sind nackt. Ein Mann zerschneidet den Büstenhalter vorn in der Mitte. Noch hält das Kleidungsstück halb durch einen Träger. Sie sitzt wie eine Salzsäule. Das Publikum johlt. Noch mehr Schweiß perlt über ihr Gesicht. Von nun an fasst jeder ihren Busen an, bevor er einen Schnitt vergrößert.

Ein Kerl von höchstens zwanzig Jahren steht vor ihr. Mit beiden Händen betastet er ihre Brüste. Dann greift er nach der Schere. Der Mann erfasst eine Strähne ihrer Haare, hebt sie hoch. Er wird sie doch nicht abschneiden wollen? Ein furchtbarer Schmerz an ihrem Hals. Er ritzt mit der Spitze der Schere die Haut – bevor er den Büstenhalter endgültig zerschneidet. Er fällt auf die Holzdielen. Schnell tastet sie zu der Stelle unter dem Ohr. Es ist bloß ein Kratzer; kein Blut.

Sandra steht auf. Die restlichen Fetzen des Kleides lässt sie an sich hinabgleiten. Barbusig kniet sie sich auf die Klavierbank. Die Oberschenkel öffnet sie leicht. Es sind weiterhin genug Zuschauer da, die bis dahin nicht auf die Bühne kamen. Sie werden ihr den Slip vom Leib schneiden. Scheinbar ergeben schlägt Sandra die Augen nieder – deren Blitzen ihren Triumph verriete.

Michaels Klavierklänge hören sich jetzt neutöniger an. Als das letzte Stück Stoff fällt, erklingen klirrende Dissonanzen. Das Publikum rast. Sandra wälzt sich über die Saiten, den Deckel, die Tastatur des Flügels, das Podium, entschwindet durch den Vorhang, wirft sich einen Bademantel über, kommt erneut, verbeugt sich, darf endlich in ihre Garderobe, wo sie die Türe hinter sich zusperrt.

Über ein Teelicht streut sie Riechsalz.

Danke Tilly.

Tief atmet sie die Mandelholzdämpfe ein, wie er es ihr riet.

Sie lehnt sich zurück. Ihre Oberschenkel öffnen sich. Langsam drückt sie die Vaginalkugeln aus ihrer Scheide.

Ganz schwach nimmt sie den dumpfen Hauch von Bittermandeln wahr.

Lucy

Felix Loss schnüffelt. Ist das etwa ein Raucher-Zuhause?

Er nimmt ihr den Mantel ab.

Während er ihn auf einen Bügel der Flurgarderobe drapiert, greift Jennifer Strut nach einer Schachtel Reyno in der Seitentasche des Mantels. Er dürfe sich eine nehmen.

Hier drin? Felix gibt ihr Feuer. Seit er sich daran gewöhnte, auf dem Balkon zu rauchen, dachte er, so etwas gäbe es gar nicht mehr.

Das sei ein Segen des Single-Daseins. Jennifer geht vor ihm durch eine offene Tür. Er schätzt sie auf Mitte zwanzig.

Ob sie wünsche, dass er die Schuhe ausziehe?

Er solle lieber zwei Gläser aus der Vitrine holen. Mit der brennenden Zigarette im Mund bringt sie zwei Flaschen Bier aus der Küche. Das Rauchen draußen vor der Tür habe nicht nur Nachteile: Hätten sie nicht beide vor dem Löwen-Bistro ihrer Sucht gefrönt, wären sie wohl kaum miteinander ins Gespräch gekommen. Aus einem Wandschrank holt sie einen Flaschenöffner. Sie brauche heute Gesellschaft. Jennifer Strut lässt sich auf einem Klavierhocker nieder. Dieser blöde Dart-Abend in der Kneipe; bei dem Krach könne sich ja kein Mensch unterhalten. Sie schüttelt Salzgebäck aus einer Tüte auf einen Teller, den sie ihm zuschiebt. Federnd steht sie auf, um einen Knopf an der Musikanlage zu drücken. Inbrünstig zieht sie an ihrer Menthol-Zigarette; andachtsvoll atmet sie den Rauch ein. Aus den Lautsprechern erklingt Sgt. Pepper's Lonely Hearts Club Band. Er möge sich einmal vorstellen in einem Boot zu sitzen, auf einem Fluss, mit Mandarinenbäumen unter einem Marmeladenhimmel. Jennifers Stimme klingt weicher, als vorhin. Ihr Hocker hat Räder. Sie rollt ein wenig näher zu Felix. Ihre Augen strahlen.

Felix fällt dazu nichts ein; ihre Worte machen ihm zu schaffen. Er zieht ebenfalls an der Zigarette. Hustet ein wenig. Seit zwei Jahren läuft Jennifer Strut ihm gelegentlich in der Landesbank über den Weg. Felix arbeitet dort als IT-Koordinator, Jennifer im Schreibbüro. Benommen versucht er beim Ausatmen, die Farbe in ihren Augen zu sehen.

Sie errät es. Da sei keine Farbe. Das seien alle Farben. Es seien keine Augen, sondern ein Kaleidoskop. Grün sei lediglich das Cellophan der Blumen. Oder gelb. Jennifer gießt Bier in ihre Gläser. Am Nachmittag, nach Dienstschluss, habe sie sich mies gefühlt, überflüssig, nutzlos. Für solche Notfälle habe sie immer etwas zu trinken im Haus. Ihr sei nach Reden gewesen. Deshalb das Löwen-Bistro. Vom Dart-Abend habe sie nichts geahnt.

Falls Getränke fehlten, kenne er eine Tankstelle gleich um die Ecke. Beide heben ihre Gläser. Rasch verscheucht er einen kühnen Gedanken: Der erste Solo-Abend in einer Kneipe, seit Jahren; sofort eine Frau kennen gelernt. Und was für eine. Er beneide sie um so eine Einkaufsquelle in der Nähe. Pah, vierundzwanzig Stunden geöffnet. Felix gießt erneut ein.

Am Morgen hätten dunkle Wolken so tief gehangen, dass sie beinahe mit dem Kopf hineingeraten sei. Am Mittag dann eine strahlende Sonne. Am Abend diese laue Sommerbrise. Trotz des gekippten Fensters sei es warm hier drinnen. Effektvoll zieht sie ihren Blazer aus. Er landet achtlos hinter seinen Sessel. An solchen Abenden habe sie keinen Nerv, sich den Small-Talk ihres Flur-Nachbarn anzuhören, der sich wieder einmal mit der Gattin verkracht hätte. Sie weist auf den Ehering an seinem Finger. Was Felix für eine habe?

Das kam plötzlich. Er öffnet den Krawattenknoten.

Glücklicherweise eine ganz Nette. Lucy, so heiße die Angetraute, sei über das Wochenende zu ihrer Mutter nach Berlin gefahren. Sie stoßen an. Im Übrigen sei sie Lehrerin für katholische Religion und Mathematik.

Katholische Mathematik? Das klinge echt kreativ. Mit den Fußspitzen streift sie ihre Pumps ab.

Lucy sei ganz okay. Seit ihre Kinder aus dem Haus seien, engagiere sie sich sogar in der Lokalpolitik. Außerdem habe sie jetzt endlich eine Chance, aus dem Schuldienst herauszukommen, um an der Universität wissenschaftlich zu arbeiten.

Es sei sicher praktisch, dass er eine Frau habe, die ihm sage, wo es lang gehe. Sie dreht sich zu ihm. Hinter ihr steht ein Klavier, an das sie sich nun anlehnt.

Ob Jennifer Gedanken lesen könne?

Sie zieht bedeutungsvoll die Augenbrauen hoch. Langsam nickt sie. Bedächtig hebt sie die Füße, so dass sie neben seinen Oberschenkeln auf der Sitzfläche des Sessels landen.

Er gibt sich Mühe, das nicht zu beachten. Lucy sei lieb, aber eher konservativ. Beiläufig landet die rechte Hand auf Jennifers Fußspitzen. Wie kommt er bloß von dem Thema weg? Trotzdem habe Lucy beispielsweise akzeptiert, dass er sich vegetarisch ernähre. Überhaupt glaube er, dass es vernünftig sei, gesund zu leben, Sport zu treiben. Langsam streichen seine Finger über die Unterseite ihrer nackten Zehen. Auch erkenne Lucy an, dass er gern in der kleinen Holzwerkstatt im Keller arbeite, während sie oben lese oder fernsehe. Seine Fingerkuppen schieben sich unter Jennifers Hosensaum.

Jennifer bewegt munter ihre Zehen. Genauso habe sie sich eine glückliche Ehe vorgestellt: Jeder lasse einfach den anderen in Ruhe.

Das sehe sie zu plakativ. Ein bis zwei Mal im Monat besuchten sie das Theater.

Jennifer zündet sich eine Zigarette an. Aha, Hochkultur. Die ersetze wohl, was woanders im Bett passiere.

Offenbar liest sie tatsächlich Gedanken. Sie experimentierten durchaus mit – ja – sinnlichen Genüssen. Felix trinkt den Rest des Bieres. Er habe sich eine geheime Datei angelegt, in der er wie in einem Blog erotische Wünsche aufschreibe. Ohne Tabus. Davon wisse sie natürlich nichts. Er habe vor, gelegentlich die harmloseren für Lucy herauszusuchen.

Und Felix habe keine Angst, dass Lucy die Datei finde?

Lucy gehe so gut wie nie an den Rechner. Außerdem habe er alle wichtigen Sachen mit einem Kennwort geschützt.

Ob sie raten dürfe: Das Kennwort laute entweder Lucy oder Felix.

Bingo. Es sei das zweite. Doch Lucy komme da niemals drauf. Dazu sei es zu simpel. Jennifer wisse sicher, dass die Passwörter im Geschäft sehr kompliziert seien.

Was denn in dieser Datei an geheimen Sehnsüchten so drinstehe?

Soll er die lang gehegte Geschichte auspacken? Jeder hoffe schließlich, dass Träume sich erfüllen, wenn man nur fest daran glaube. Bedächtig knetet er mit zwei Händen ihren rechten Fuß; Felix spürt ein dünnes Kettchen über dem Knöchel. Im letzten Urlaub in der Türkei, er räuspert sich, hätten sie ein jüngeres Pärchen kennen gelernt. Felix sucht den Blickkontakt. In der letzten Nacht sei es zum Partnertausch gekommen. Wirklich schade, denkt er sich, dass man mit Lucy über so etwas überhaupt nicht reden kann.

Scheinbar gedankenverloren nestelt Jennifer an den obersten Knöpfen ihrer Bluse. Wie sich das denn ergeben habe?

Donnerwetter, da will es aber jemand genau wissen. Sie hätten sich dort am Strand kennengelernt.

Nun muss er aufpassen. Nach einigen Tagen sei nebelhaft darüber gesprochen worden. Wie wurstelt er sich da bloß wieder heraus? Man dürfe sich bei so einem Kontakt auf keinen Fall gegenseitig die richtigen Namen geben. Oder Anschriften. Nur so gehe es. Er vermute, dass die beiden nicht ganz unerfahren mit solchen Kontakten waren, eventuell von Anfang an falsche Namen benutzten. Felix drückt den anderen Fuß von Jennifer. Am letzten Abend sei es schließlich passiert. Er konzentriert sich. Beide Frauen wären bei einem gemeinsamen Saunabesuch kurzfristig übereingekommen, mit dem jeweils anderen Mann ins Zimmer zu gehen.

Keine weiteren Kontakte? Wenigstens eine E-Mail-Adresse? Jennifer zieht ihre Hosenbeine fünf Zentimeter höher.

Felix schüttelt den Kopf.

Jennifer rutscht näher zu ihm. Habe es denn ein Spielchen dieser Art noch einmal gegeben?

Er überlegt. Felix habe auf eine Chiffre-Anzeige geschrieben. Schon lange wünsche er sich einen ‚Dreier‘. Oder gar einen ‚Vierer‘. Ein junges Paar aus Ulm habe sich gemeldet. Dort seien sie für ein Wochenende hingefahren. Hoffentlich hakt sie nicht nach.

Abrupt wechselt Jennifer das Thema: Wie alt seine Kinder seien?

Innerlich atmet er auf. Die Kinder seien vielleicht fünf Jahre jünger als Jennifer. Das läuft gut. Tochter Alina sei gerade zwanzig. Sie studiere Geschichte auf Lehramt. Seit dem Winter wohne sie in einer WG. Felix schiebt beide Handflächen in Jennifers Hosenbeinen nach oben. Der Sohn Lars sei ein Jahr älter. Er lasse sich bei der Sparkasse zum Bankkaufmann ausbilden. Dort habe er ein Mädchen kennengelernt, das er geschwängert habe; beide seien sofort zusammengezogen. Sie wollten sogar heiraten.

Jennifer steht auf; sie stellt sich hinter seinen Sessel. Ob Felix einen Espresso mit ihr trinken möchte? Sie krault ihm die Haare im Genick.

Er nimmt sich eine neue Zigarette.

Bevor sie mit dem Espresso zurück kommt, dimmt sie das Licht. Ihre Tasse stellt sie auf dem Tischchen ab. Danach gibt sie ihm seine in die Hand, geht vor ihm auf die Knie, öffnet geschickt seine Hose, trinkt einen Schluck Espresso, um ihn schließlich an seiner empfindlichsten Stelle mit ihrer heißen Zunge zu beglücken.

Was folgt, dauert keine fünf Minuten. Fast ist er enttäuscht, dass es so schnell geht.

Jennifer schaut zu ihm auf. Sie bedanke sich für dieses gelungene Horsd'œuvre. Als Teenager wollte sie Pianistin werden. Das Vorspiel habe sie immer besonders sorgfältig geübt. Nur nach einem solchen Präludium dürfe man auf ein perfektes Ganzes hoffen. Noch einen Kaffee?

Fahrig nickt er. Anscheinend hat er diese Frau unterschätzt.

Wenn es einmal nicht so spät sei, dass man alle Nachbarn beim Fernsehen störe, werde sie ihm etwas vorspielen.

Darauf bestehe er. Felix geht zur Toilette.

Jennifer öffnet eine Flasche Cuarenta y Tres, als Felix zurück kommt. Auf dem Tisch stehen zwei dampfende Kaffeetassen. Der Licor 43 sei zum Süßen. Statt Zucker. Danach wolle sie mit ihm einen Saunaclub besuchen. Der sei gerade ein paar Minuten entfernt.

Staunend öffnet er den Mund.

Jennifer setzt sich seitlich auf seine Beine, legt ihm die Hände um den Nacken, zieht die Knie an, küsst ihn auf die Nase. Sie entspanne sich nirgends so vollkommen wie in einer solchen Anlage. Das gehe Felix ebenso. Er wird kein bisschen rot dabei.

Außerdem sehe sie das Schwitzen als ein besonders gründliches Bad für die Haut. Sie raunt ihm die Worte direkt ins Ohr. Analverkehr beispielsweise, sie räuspert sich, mache erst nach einem Saunabesuch so richtig Spaß. Sie steht auf, um ihm die Tasse zu reichen.

Kurze Zeit später trägt er ganz selbstverständlich ihre Tasche mit den großen Handtüchern zu dem Mini, genießt während der Fahrt ihre Hand auf seinem Schenkel, bucht eine Doppelkabine, in der sie sich gegenseitig ausziehen, geht gemeinsam mit ihr duschen, besucht mit ihr ein Dampf-Bad zum Aufwärmen, trinkt mit ihr einen Kirsch-Bananen-Gin an der Bar, um danach mit ihr eine Rosen-Sauna zu betreten. Zwei weitere Pärchen schwitzen dort bereits. Felix war nur ein einziges Mal in der Sauna. Er tut jedoch so, als käme er täglich. Heimlich beunruhigt verfolgt er versteckte Blicke der anderen Männer auf Jennifers feenhaften Körper.

Sie scheint diese eher zu genießen. Nach einer Viertelstunde nehmen sie wieder eine Dusche. Anschließend wechseln sie in den Ruheraum. Statt sich hier in das Tuch einzuwickeln, legt Jennifer es ordentlich auf eine Liege, um sich splitternackt darauf auszustrecken.

Es verwirrt Felix ein wenig, wie schamlos sie sich gibt, wie selbstverständlich sie Blicke anderer Saunabesucher auf sich zieht, wie kokett sie mit den Augen zwinkert, sobald sie es bemerkt. Andererseits wäre Felix gern genauso. Als er sich jedoch vorstellt, einen Bekannten oder gar einen Kollegen hier zu treffen, verkrampft er sich. Der Gedanke lässt ihn nicht los, bis sie erneut die Bar aufsuchen.

Jennifer benimmt sich wie eine langjährige Freundin. Entdeckt sie, dass er sich ein bisschen erregt, zum Beispiel in der Nähe einer anderen Frau, legt sie ihm beruhigend ihre Hand auf den Unterarm. Das wühlt ihn dann zwar eher noch weiter auf, doch es vergehen keine fünf Minuten, in denen sie nicht frech gelächelt hätte – was ihn wenigstens ein bisschen selbstsicherer macht.

Von der Bar aus sehen sie zu einem Whirlpool, keine drei Meter entfernt. Darin lässt sich eine Frau um die fünfzig von ihrem Partner, der ihnen den Rücken zudreht, ausgiebig beide Brüste massieren. Felix wird von Jennifers Laune angesteckt. Beide kichern. Die Badegäste kommen aus dem Wasser, trocknen sich ab, streben schließlich den fröhlichen Menschen an der Cocktail-Bar zu.

Felix erstarrt. Der Mann ist Lars. Sein einundzwanzigjähriger Sohn.

Der sieht ihn ebenfalls, zeigt indes mit keiner Miene, dass er den Mann mit dem Badetuch über den Oberschenkeln als den Vater erkennt. Sofort dreht er sich weg. Seine Begleiterin zieht er in einen anderen Bereich des Sauna-Clubs.

Ob Felix den gekannt habe?

Nein, er habe sich wohl geirrt. Verdammt, er will raus hier. Auf gar keinen Fall darf er Jennifer reinen Wein einschenken. Weil er aber weiß, wie nervös er wirkt, schiebt er hinterher, dass er gleich mit ihr in eine Finnische Sauna wolle. ‚Neunzig Grad‘ steht an der Tür.

Hier sitzen lediglich zwei ältere Herren. Sie sind soeben im Begriff, den Raum zu verlassen. Jennifer streckt sich rechts von ihm aus. Felix setzt sich daneben. Er bewundert ihren haarlosen Körper. Eine schlanke Frau begrüßt sie mit einem fröhlichen „Hallihallo". Sie setzt sich links von Felix auf eine Bank, welche eine Stufe höher um eine Ecke gebaut wurde. An der Art, wie sie hinauf turnt, erkennt Felix, dass sie außergewöhnlich gelenkig ist – auch wenn sie nicht viel jünger ist als er selbst. Im Schneidersitz dreht sie sich ein wenig zu ihm, stellt die Beine auf, schiebt ihre Füße nebeneinander, zieht die Knie an, wippt ein wenig mit dem Po. Sein Gesicht befindet sich keinen halben Meter von ihrem glatt rasierten Unterleib entfernt. Felix stößt die Luft aus. Er legt eine Hand in den Schoß. Jennifer streichelt ihm verständnisvoll mit einem Fuß über den Oberschenkel. Nach ihrer Viertelstunde wickelt er sich sorgfältig das Handtuch um die Hüften, bevor er aufsteht. Beide Frauen grinsen sich an.

Eine knappe Stunde später gibt es in Jennifers Wohnzimmer Kaffee mit Zigaretten. Felix freut sich auf die Nacht mit ihr. Eine Kirchturmuhr schlägt Mitternacht. Ob sie ihm eigentlich gesagt habe, dass sie in der Nacht verabredet sei?

Hart setzt er die Kaffeetasse auf den Unterteller. Das sei ja wohl nicht ihr Ernst?

Felix müsse natürlich mitkommen. Er sei doch selbst einer, der nichts anbrennen lasse. Schließlich wisse sie jetzt von seinem Wunsch nach einem Dreier. Oder einem Vierer. Sie wolle zu einem swingenden Pärchen.

Felix zweifelt, ob er sie richtig versteht.

Für Paare sei Swingen ja das reine Vergnügen. Eine Single-Frau wie sie sei hingegen darauf angewiesen, wenn sie auf einen ausgeglichenen Hormon-Haushalt Wert lege.

Felix schluckt. Es interessiere ihn natürlich, auf welche Weise sie ihren Haushalt in Zucht halte.

Wenn er eine Sonne suche, müsse er in ihre Augen sehen. Fest kuschelt sie sich an ihn. Sie lasse sich alle ein, zwei Monate von einem Pärchen ihrer Wahl zu einem Trio einladen.

Felix verschluckt sich fast an dem Kaffee. Wie sie solche Swinger denn kennen lerne?

Sie suche sich ihre Leute im Internet aus. Nur Einträge mit Porträts. Das sei natürlich trotzdem jedes Mal ein kleines Abenteuer, weil die Bilder manchmal älter seien. Deshalb schicke Jennifer ihnen niemals vorher ein Foto. Immer sei von Anfang an klar, dass sie auf keinen Fall einen Dauerkontakt wünsche.

Er sei erstaunt, dass sich alle darauf einließen.

Alles müsse sehr diskret ablaufen. Wie Felix es schon erwähnt habe, keine E-Mail, keine Anschrift. Die sinnliche Nascherei sei stets nur Gegenwart. Jetzt. Jennifer suche auf diesem Wege keine Freundschaften.

Was Felix denn konkret erwarte in dieser Nacht?

Sie sei im Netz auf einen Computerverkäufer gestoßen. Schon vor acht Tagen. Er sei ungefähr so alt wie sie, wirklich kein Schönling, auch kein Intellektueller. Ein ganz normaler Mann eben. Der habe sich mit einer verheirateten Frau eingelassen. Ein interessantes Mädchen. Pädagogin, damit kenne er sich doch aus, lade regelmäßig Pornos aus dem Internet, sei mit einem langweiligen Mann verheiratet, doppelt so alt wie der Verkäufer, auf dem Bild sehe sie trotzdem richtig appetitlich aus.

Wie Jennifer das beurteilen könne?

Sie lacht. Mit Frauen schlafe sie gerade so gern wie mit Männern.

Felix hat Mühe, zu verhindern, dass er sich schon wieder verschluckt. Wo man sich denn treffe?

In einem Schrebergartengelände auf der anderen Seite der Stadt stehe ein Wochenendhaus. Sie seien da ganz ungestört. Ihre Absprache laute, Jennifer komme gegen eins für genau drei Stunden. Während Felix zur Toilette gegangen sei, habe sie im Internet Kontakt mit dem Verkäufer aufgenommen. Im Internet nenne er sich ,Ball-Spieler'. Er habe überhaupt nichts dagegen, dass sie nun ebenfalls einen Mann mitbringe. Ganz im Gegenteil. Vor allem die Partnerin freue sich sehr. Im Netz sei sie die ,Sehende Blinde'.

Felix ringt nach Atem. Ob Jennifer schon einmal mit zwei Männern ...?

Nein, noch nie. Sie imitiert einen hechelnden Hund. So ein Quartett sei eine Wundertüte. Ein Sandwich mit ihr sei sicher lecker. Für alle.

Felix braucht eine Minute, bis er antworten kann. Was er denn dabei beachten solle?

Wie erwähnt komme es auf rücksichtsvolles Verhalten an, nie nach dem Namen fragen, dem Ort oder der E-Mail-Adresse. Bei Spielen dürfe sich keiner ausschließen, niemand ein Tabu geltend machen. Swingen sei nichts für Feiglinge. Außerdem seien die Beteiligten verpflichtet, alles zu tun, was den jeweiligen Partner zufrieden stelle.

Ob es so etwas wie eine Aufsicht gebe?

Oh ja, die habe sie sich selbst ausbedungen. Alle hätten zu tun, was Jennifer verlange. Damit sei sie immer gut gefahren. Allerdings halte sie sich selbst exakt an die gleichen Regeln.

Ob diese Grundsätze stets akzeptiert würden?

Alle billigten sie. Das sei sozusagen ihre Geschäftsgrundlage. Für Felix habe Jennifer sich verbürgt. Deshalb müsse er ihr hier sein Wort geben, sich an die Übereinkunft zu halten. Dort gebe es kein Zurück.

***

Das Tor zu dem ummauerten Gelände lässt sich mit einer Zahlenkombination öffnen, die Jennifer von dem ‚Ball-Spieler' hat. Das Schloss ist danach drei Stunden nicht mehr zu öffnen.

Das Herz von Felix schlägt bis zum Hals, als Jennifer an die Tür des einzigen Hauses klopft. Der junge Mann, der ihnen öffnet, sieht wirklich nicht ungewöhnlich aus: Stirnglatze, stämmig, mittlere Größe. Sie gehen hinein. Felix folgt dem ‚Ball-Spieler'. Als letzte kommt Jennifer.

Felix dreht sich auf dem Absatz um. Er fällt beinahe über sie. „Ich will gehen. Sofort."

Jennifer hat die Tür bereits geschlossen. „Das geht nicht." Ihre Stimme klingt ernst. „Du hast mir versprochen, dass Du alles mitmachst."

„Aber ... aber ... aber die ‚Sehende Blinde'. Das ist meine Lucy."

Jennifer schaut ihm tief in die Augen. „Denk drüber nach, Felix. Ich bürge für Dich."

Sein Wort. Daran braucht sie ihn nicht zu erinnern. Jennifer klappt den Deckel eines Klavieres hoch. „Versprichst Du mir, dass Du bleibst?"

Felix schaut in Lucys blitzende Augen. Langsam nickt er Jennifer zu. Das Versprechen wird er halten. Lucy nimmt seine Hand. Schwer sinkt er auf die Armlehne ihres Sessels.

Jennifer setzt sich an das Piano. Sie intoniert drei, vier Takte eines Liedes. Felix hörte das Stück erst kürzlich. Nach dem Intro beginnt sie leise zu singen. „Picture yourself in a boat on a river with tangerine trees and marmalade skies". Den Rest summt sie. Auf dem Klavier erklingen die Akkorde. Die Melodie entwickelt in dem kleinen Raum ihre eigene Magie.

‚Ball-Spieler' tritt schweigsam hinter Jennifer. Er öffnet die Spange ihres blonden Zopfes ohne ein Geräusch zu verursachen. Mit beiden Händen entflechtet er die Haare bis sie über ihre Schultern fließen.

Felix rutscht zögernd von der Armlehne zu Lucy auf den Schoß. Sie schaut ihm in die Augen: „Ich wusste, dass Du kommst."

Notruf

Ist das die falsche Tür?

Unmöglich. Hier oben gibt es nur eine.

Der Schlüssel scheint nicht zu passen.

Durchatmen.

Ein neuer Versuch. Ganz langsam diesmal. Er lässt sich gar nicht ganz hineinschieben. Offensichtlich blockiert ein Schlüssel von innen den Schließzylinder.

Das Minutenlicht geht aus.

Kein Lichtstreifen unter der Tür.

Ich tippe auf den Schalter. Das Licht geht wieder an. Der Klingelknopf mit ihrem Namensschild.

Ich höre nichts.

Vermutlich ausgeschaltet.

Irgendwo schlägt es Mitternacht. Leise poche ich an das Holz. Alles bleibt still. Der Aufzug steht weiterhin offen.

Erdgeschoss.

Hinaus.

Es fängt zu regnen an. Wetterleuchten im Westen.

Ein Druck auf die Klingel am Haupteingang.

Nichts.

Mein Blick wandert hoch. Kein Licht. Kein reflektierter Fernsehbildschirm. Das ganze Haus scheint zu schlafen.

Mein Auto steht zwei Blocks weiter. In der Freisprechklemme hängt mein Mobiltelefon. Ihr Name steht im Protokoll an erster Stelle. Immer noch höre ich ihre Stimme:

„Bitte. Bitte. Komm her."

Ich lag schon im Bett.

Das habe sie sich gedacht. Es sei eine Ausnahme.

Gut. ich könne in zehn Minuten da sein.

Erneut: „Bitte. Bitte. Komm her."

In meinem elektronischen Adressbuch blinkt ihr

Kontakt. Über ihrem Namen sieht man ihr Bild. Aufgenommen am Strand von Ibiza.

Ich steige aus. Hier habe ich einen besseren Empfang. Der Regen hat aufgehört. Nur von Ferne hört man Donner grollen.

Während des Physikstudiums warfen wir einmal die Frage auf, inwieweit durch Aktivitäten auf einem Mobilfunkrelais die Negativität der umgebenden Luft, eventuell auch der Metalle in der Erde, so stark beeinflusst würde, dass Gewitterwolken sich explosionsartig entladen könnten.

Noch während ich mich in das Netz einwähle, stoppe ich den Anruf. In einem ,Tatort' war von Sprengstoff die Rede, der mit den Kontakten eines Telefons verbunden wurde, so dass er zündete, wenn jemand anrief.

Ich zögere.

Es ist sehr dunkel in dieser Nacht. Ich weiß nicht, ob wir Neumond haben. Doch der ganze Himmel scheint mit dicken Wolken verhangen. Beherzt drücke ich auf das Telefon-Symbol auf meinem Smart-Phone-Bildschirm.

Der Lautsprecher bleibt stumm.

Ein entsetzliches Sirren.

Wie in Zeitlupe entlädt sich das elektrische Potenzial einer gewaltigen Wolke, verzweigt sich knisternd durch den Äther, gräbt bizarre Zacken in den grauen Dunst.

Bis es einschlägt.

Berstendes Glas.

Eine Stichflamme im obersten Stockwerk.

Mein Telefon leuchtet auf.

„Nur Notrufe."

Offline

Die Mutter hat ihn nicht gehört. Ist wohl schon weg.
Er geht in die Küche, holt sich aus einem der Hänge-
regale ein großes Glas, entnimmt dem Kühlschrank
eine Cola-Flasche, denkt einen Augenblick nach, gießt
das Glas halb voll, stellt die Flasche sorgsam zurück,
öffnet vorsichtig die Schlafzimmertür der Mutter, findet die Flasche Johnny Walker in ihrem Wandschrank,
gießt ein, bis das Glas voll ist, bringt das gefüllte Glas
in sein Zimmer.

Geräuschlos schließt Dennis die Tür, schiebt den
altmodischen Riegel vor, trinkt das Glas in einem
Zug leer, hängt die Jacke an einen Haken, öffnet das
Hemd, zieht die Schuhe aus, stellt sie ordentlich nebeneinander auf eine Matte, greift nach den Rauchu-
tensilien.

Das Smartphone meldet eine Kurznachricht.
„Ganz vergessen, Du wirst 30. Wünsche? Bin zur Arbeit. Mom."

Das Einschalten der Steckdosenleiste quittiert der
Rechner mit einem Piep. Die Seiten des Computer-
gehäuses stehen offen. Ein Ventilator wirbelt die Luft
durcheinander.

Dennis dreht sich eine Zigarette, zündet sie an,
öffnet beide Flügel des Fensters, lehnt sich hinaus,
beobachtet, wie fünfzehn Meter unter ihm die Mutter
das Fahrrad auf die Straße schiebt. Dennis schließt
den Mund, als wolle er den Rauch nicht vorzeitig ent-
schlüpfen lassen, öffnet die Lippen in der Mitte, als
wenn er pfeifen wolle, lässt den Qualm schubweise
entweichen, wartet auf das quakende Geräusch, das
der Computer von sich gibt, wenn er hochfährt, zieht
noch einmal den Rauch ein, drückt die Glut des halb-
gerauchten Glimmstängels bedächtig in den Aschen-
becher auf der Fensterbank aus, beobachtet erneut

die stoßweise nach draußen schwebenden Schwaden.

Nun dreht er den Flachbildschirm zum Bett, setzt einen gewaltigen Kopfhörer auf, greift nach der schnurlosen Tastatur mit dem eingebauten Trackball, lehnt sich auf dem Bett zurück, schaut kurz über die Liste der Freunde am Bildschirmrand. Lediglich drei Figuren sind online. Er schließt den Messenger fast gleichzeitig mit dem Skype-Account.

Ein prüfender Blick zu den Leuchtdioden des WLAN-Routers auf dem Kleiderschrank. Dennis ruft den ‚Network-Monitor' für das Wireless LAN auf. Seit gestern teilt er das Netzwerk nicht nur mit der Mutter, sondern mit den Nachbarn unter ihm; einem Studentenpärchen sowie einer freiberuflichen Friseurin. Außer Dennis selbst ist niemand online. Er ruft den Browser auf.

Zuerst legt er eine neue E-Mail-Adresse an. Dan95 ist vergeben. Dan951 geht. Vorname Danny, Nachname Berg, oder doch besser Bergwinzer. Das klingt gut. Danny Bergwinzer. Was wollen sie weiter? Postleitzahl 6. Geburtsdatum 1. Januar 1995. Das kann er sich merken. Dann wäre er neunzehn. Als Passwort wählt er wie immer seine Handy-Nummer. Im Thunderbird legt er die E-Mail-Adresse als neues Konto an. Die erste Test-Mail ist sofort da.

Zum Chat. Neuer Account. Benutzername Dan951. Geht. Das Geburtsdatum 1. Januar 1995 auch. Mit diesem Avatar könnte er als junges Mädchen in den Chat – aber nicht jetzt. Also männlich. Sonstiges: Azubi, Mechatronik, Single, Brillenträger, Raucher, Gelegenheits-Trinker, 165 cm, 70 kg, nein, damals waren es weniger, nun gut, 60 kg. Sucht Kontakt zu Frauen oder Paaren. Hobbies: Chatten, erotische Videos. Er überlegt. Schließlich schreibt er dazu: Devot veranlagt. Neugierig auf Sex-Spiele. Auf dem Foto, das er hochlädt, trägt er eine Badehose. Nachdenklich streicht er sich über die Bürstenfrisur. Auf dem

Bild sieht man ihn mit schulterlangen Haaren; sie verdecken den größten Teil seines Gesichtes, weil er den Kopf wegdreht. Das Foto ist echt – allerdings nicht ganz neu.

Fertig.

Dennis setzt die Kopfhörer ab, schaltet die Lautsprecher ein, zündet sich am Fenster den Stummel der Zigarette an, verbreitet Rauchzeichen. Bevor der Joint aufgeraucht ist, ruft der Computer: „Sie haben Post".

Er dreht den Bildschirm, setzt sich an den Schreibtisch, beantwortet die Kontroll-Nachricht, loggt sich in den Chat-Raum ein.

Tilly Flachleger: „kein bier mehr. fuck. talk 2 u later"

Jolanda Lachmichtot: „good luck. standby"

Dan951: „hi jolanda. asl?" Die Frage nach Alter, Geschlecht, Ort kennt er aus einem anderen Chat; dort kennt man ihn als dreißigjährigen Phileas Fogg.

Jolanda Lachmichtot: „what the hell? noop? neu hier?"

Dan951: „positiv"

Jolanda Lachmichtot: „saumutig. gleich nach asl zu fragen. 26w6. u?"

Dan951: „19m6. kenne mich nicht aus"

Jolanda Lachmichtot: „checke pn"

Im Briefkasten liegt eine private Nachricht. „hi dan951. hab dein profil gesehen. warte auf dich in sep 277". Sofort klickt er das Profil von Jolanda Lachmichtot an. Sie heißt Jolanda Silben. Selbständig, Versicherungsagentur, geboren 1988, Single, raucht gelegentlich, Alkohol nur in Gesellschaft, 163 cm, 60 kg. Sucht Männer. Interessen: Politik, Modeling, erotische Filme, ungewöhnliche Real-Life-Dates. Auf dem Foto sieht man sie im Bikini, halb von hinten mit abgewandtem Gesicht.

Denis wählt den separaten Raum 277 an.

Jolanda Lachmichtot: „ziemlich frech, gleich asl zu asken. lol. saugutes profil. welche kategorie filme?"

Dennis ist darauf nicht vorbereitet. Dan951: „humiliation. forced. gruebel. too much atm. muss weg. bin spaeter online"

Jolanda Lachmichtot: „wie viel uhr?"

Dan951: „4"

Jolanda Lachmichtot: „spannend. reserviere für 16 h sep 277"

Dan951: „bb"

Jolanda Lachmichtot: „bbl. 16 h sep 277"

Verdammt. Das ging schnell. Dennis notiert sich die Zahl 277. Er ruft den ‚Network-Monitor' auf.

Die Studenten haben Seiten der Hochschule auf dem Schirm.

Kathrin de Berg, die Friseurin, ist offline. Er legte ihr am Mittag die Mail-Adresse kathrin.frankfurt@ gmx.dl an, richtete das E-Mail-Programm ein, erklärte ihr, wie leicht alles damit geht. Witzigerweise fragte sie ihn, ob er als Administrator ihre Mails lesen könnte. Er gab zu, dass dies zwar theoretisch möglich, aber in der Praxis aus zwei Gründen ausgeschlossen sei. Erstens lehne er es ab, in anderer Leute Briefe zu stöbern, zweitens habe er dafür wirklich keine Zeit. Das war vor kaum einer Stunde. Nun stellt er den ‚Network-Monitor' so ein, dass Dennis Kopien aller Nachrichten erhält, die sie sendet oder empfängt.

Er geht zum Fenster, zündet erneut den Zigarettenstummel an, schließt die Lippen, damit der Rauch nicht zu früh entweicht, hört nach einer Minute ein blubberndes Geräusch aus dem Lautsprecher, drückt sorgfältig den Joint aus.

Auf dem Bildschirm erscheint ein kurzer Text von kathrin.frankfurt@gmx.dl, in dem sie herzliche Grüße an einen ‚Liebsten' schickt. Dennis stutzt. Er drückt ihn weg. Er steht auf, greift nach dem leeren Glas, entriegelt die Tür, geht in die Küche, entnimmt dem

Kühlschrank die Cola-Flasche, gießt das Glas halb voll, platziert die Flasche gewissenhaft in das Kühlfach, füllt erneut mit Johnny Walker auf, verriegelt die Tür, setzt sich mit dem Glas an den Schreibtisch, stellt es nach rechts, stülpt den Kopfhörer über, trinkt. Wartet.

Dennis klickt sich zu der Seite, auf welcher er sieht, wer online ist. Frau de Berg erscheint nicht. Die Studenten sind in einem Messenger.

Sarahasi: „Na, wie ist es bei Deinen Eltern?" Offensichtlich sitzt Sara Adamowitsch bei den Studenten am Rechner.

Kunstoffjanni: „Blöd. Das Telefon-Netz ist sau-langsam. Übelst." Ob das Jan Pülzer ist?

Sarahasi: „Hier ist es jetzt sauschnell. Das hat Dennis gut gemacht."

Kunstoffjanni: „Genau. Wie gern wäre ich bei Dir. Sitze mit dem Tablet auf'm Klo. Will wieder 'rein. Die wollen sülzen. Es gibt Kaffee mit Kuchen. Uaaaah. Bis denne."

Sara ruft eine Sex-Seite auf. Dennis drückt auf ‚Screen', damit er ihren Bildschirm-Inhalt sieht. Im selben Moment klickt sie die Kategorie ‚Punished' an. Staunend realisiert Dennis, dass sie einen asiatischen Film auswählt. Ein Lehrer führt drei Schulmädchen in das Büro des Direktors. Die Männer beschimpfen die Mädchen. Offensichtlich sollen sie bestraft werden – wofür weiß Dennis nicht, da er die Sprache nicht versteht. Der Direktor betastet sie von oben bis unten. Alle drei müssen sich entkleiden. Er untersucht akribisch, ob sie nichts zwischen ihren Beinen versteckt haben. Eine nach der anderen muss sich über einen Tisch legen, damit der Lehrer sie mit einem Stock verprügeln kann. Der nächste Film wird in kyrillischen Buchstaben angekündigt, trägt jedoch englische Untertitel. Es ist zu sehen, wie ein Paar die Tochter züchtigt. Erst ziehen sie das Mädchen aus, dann hält die Frau ihr die Arme fest, während der Mann ausführlich mit einer kurzen Peitsche ihren Hintern bearbeitet. Allmählich legen die angeblichen Eltern ebenfalls ihre Kleider ab; sie missbrauchen das Mädchen auf jede erdenkliche Weise. Offline.

Eine Nachricht von kathrin.frankfurt@gmx.dl ist zu sehen. „Mein Liebster, ich habe große Sehnsucht nach Dir. Willst Du Dich nicht wenigstens für zwei Stunden von Deiner Familie frei machen? Ich werde mich auch frei machen. Der Heizkörper ist hoch gedreht. In der Bluse ist es mir bereits zu warm. Bitte melde Dich. Deine Kathrin." Ob sie zu den wenigen Usern gehört, die wissen, wie man E-Mails zeitversetzt versendet?

Draußen ist es dunkler als vorhin. Es sieht nach Regen aus. Dennis schließt das Fenster. Er schaltet auf den Hauptbildschirm des ‚Network-Monitors' um.

Eine neue Nachricht von kathrin.frankfurt@gmx. dl: „Mein Liebster, es ist sooooo schade, dass Du Dich nicht gemeldet hast. Wenn Du heute nicht kommst, wirst Du es sicherlich bereuen. Mir ist heiß. Kathrin."

Im ‚Network-Monitor' ist Dennis nun der einzige User im Netz. Die Uhr zeigt fünf vor vier. Er ruft den Chat-Room auf, Sep-Channel 277.

Jolanda Lachmichtot: „wd"

Dan951: „hi"

Jolanda Lachmichtot: „wollen wir gemeinsam ein video ansehen?"

Dan951: „wo?"

Jolanda Lachmichtot: „egal. bei uporn"

Dan951: „kategorie?"

Jolanda Lachmichtot: „punishing"

Dan951: „geil. warste da schon mal?"

Jolanda Lachmichtot: „hab 3 asia schoolgirls gesehen. im zimmer des direktors"

Dan951: „müssen sich ausziehen? werden vom lehrer geschlagen?"

Jolanda Lachmichtot: „genau. du kennst das?"

Dan951: „kenn ich. afaik gut gemacht"

Jolanda Lachmichtot: „daumen hoch"

Dan951: „oder bad grades. eltern bestrafen die tochter wegen schlechter noten"

Jolanda Lachmichtot: „ja. aus osteu. wie in real life. mädchen klein, mutter mit oberweite. zieht ihr die hinterbacken auseinander"

Dan951: „am ende creampie-eating?"

Jolanda Lachmichtot: „und wie"

Dan951: „siehste den real-blitz draußen?"

Jolanda Lachmichtot: „direkt vorm fenster"

Dan951: „biste etwa nähe kantplatz?"

Jolanda Lachmichtot: „sag ich nich. quatsch. kantplatz seh ich von hier. mein roter astra steht da"

Dan951: „real life treff?"

Jolanda Lachmichtot: „stimmt dein profil?"

Dan951: „fast. bin zehn jahre älter"

Jolanda Lachmichtot: „+ n paar kilo mehr? witzig. bin auch älter. heiße kathrin"

Dan951: „weiter?"

Jolanda Lachmichtot: „muss weg. afk. bin später standby"

Erneut klickt er an, dass das Mail-Programm von Kathrin de Berg überwacht wird. Er geht zur Toilette.

Als Dennis zurück kommt, steht eine neue Nachricht auf dem Schirm:

„Hallo Liebster. Du scheinst sehr beschäftigt. Wenn Du mich schon quälen willst: warum tust Du es nicht hier? Ich habe Dir von dem Video aus dem Internet erzählt. Jetzt hätte ich große Lust, all das auszuprobieren, was die da machen. Deinen Geschmack spüre ich bereits auf der Zunge. Ich fahre schnell in den Getränkemarkt. Das dauert eine knappe Stunde. Dann bist Du willkommen. Wenn Du dazwischen einläufst, der Schlüssel liegt unter der Fußmatte. Wie immer. Um fünf bin ich zurück. Deine scharfe Kathrin."

Verwirrt dreht sich Dennis eine neue Zigarette. Das Unwetter hat nachgelassen. Er öffnet das Fenster, steckt die Zigarette an, schaut über den Kantplatz, erblickt ein rotes Auto. Erst als es losfährt, erkennt er, dass es ein Opel Astra ist.

Die halb abgebrannte Zigarette drückt er aus. Auf dem Bildschirm steht die letzte Mail von kathrin. frankfurt@gmx.dl. Er liest sie wieder.

In diesem Moment antwortet benni.obelix@googlemail.dl: „ganz kurz – verstehe dich gut – kann nicht weg – in eile – kuss – benni"

Kathrin de Berg ist eine schöne Frau mit dicken rötlich-schwarzen Locken. Vor einer Stunde bat sie Dennis, auf ein Glas Sekt zu bleiben, um den schnellen Internet-Zugang zu feiern.

Dennis schließt das Fenster. Er zieht die Schuhe an, greift nach der Jacke, schiebt den Riegel auf, bewegt sich zur Korridortür, lauscht in den Flur, schleicht eine Etage tiefer, hebt die Fußmatte vor der Tür von Kathrin de Berg leicht an, findet den Schlüssel, lauscht nach unten, schließt blitzschnell ihre Türe auf, deponiert den Schlüssel wieder unter der Matte, schlüpft in ihre Diele.

Er lehnt sich gegen einen Schuhschrank. Was tut er hier eigentlich? Wieso ist er noch einmal herunter gekommen? Er hält für einen Moment den Atem an. Alles ist still. Die Tür zu ihrem Wohnzimmer steht offen. Dennis geht hinein.

In einer Ecke ist ihr Arbeitsplatz. Ohne nachzudenken setzt er sich, schaltet den Rechner ein, betastet gedankenverloren ein schmutziges Messer, bevor er es zur Seite legt, räumt ein Glas weg, zieht die Maus nach vorne, beobachtet den Bildschirm. Neben der Maus entdeckt er sein Notizbuch, das er am Mittag vergaß. Er steckt es in die Tasche.

Einige Routine-Programme starten: Cookies löschen, temporäre Dateien, Internet-Protokolle. Nachdem der Papierkorb geleert wurde, fährt das E-Mail-Programm hoch. Der Posteingang ist leer. Das ist unmöglich. Er schaut in die drei Ordner. Nichts.

Dennis blickt sich um. Die kleine Tür führt zum Bad. Die andere zum Schlafzimmer. Ganz langsam drückt er die Klinke. Er zieht die Hand zurück. Die Tür schwingt von alleine nach innen. Auf dem Bett liegt Kathrin de Berg. Dennis geht näher. Sie ist nackt. Ihr Oberkörper ist blutüberströmt. Die Augen sind weit geöffnet. Sie atmet nicht.

Dennis rennt zurück. Den Einschaltknopf an der Stirnseite drückt er so lange, bis der Klapprechner sich ausschaltet. Er lauscht in den Flur. Stille. Das Notizbuch fällt ihm aus der Tasche. Er hebt es auf. Hastig rennt er nach oben.

Erneut holt er die Whisky-Flasche der Mutter, gießt das Glas halb voll, füllt mit Cola auf, trinkt es in einem Zug. Das wiederholt er vier Mal. Dann ist die Flasche leer. Gottseidank wandern alle E-Mails von Dritten sofort in den Papierkorb, nachdem sie gelesen wurden. Er leert ihn. Schnell löscht er im Computer die Spuren seines Ausfluges in den Chatroom. Er legt sich auf das Bett, ohne den Riegel vorzuschieben. Das ganze Zimmer dreht sich.

Was war das? Ein böser Traum? Der Chatroom, die E-Mails, Kathrin de Berg, die blutüberströmte Brust? Um drei Uhr? Um vier? Wer ist Jolanda Lachmichtot? Er hört ungewöhnliche Geräusche. Was sind das für Stimmen? Jemand klopft. Die Tür geht auf. Es ist die Mutter. „Da liegt er."

Dennis schreckt hoch. Noch nie lag er mit Schuhen auf dem Bett. Er schaut auf die Armbanduhr. Es ist halb acht. Der Mann mit der polternden Stimme ist Kriminalhauptkommissar Bergmüller.

Die Leiche sieht Dennis deutlich vor sich. Hat er sich danach betrunken? Die anderen Sachen, der Chatroom, die E-Mails, das wiedergefundene Notizbuch; alles so verschwommen. Ist das eingebildet? Dennis spürt Kopfschmerzen. Es dauert lange, bis er einigermaßen begreift, um was es geht. Während er einem subalternen Beamten die Fingerabdrücke gibt, fragt er den Kommissar, was ihn das angehe?

Der hebt die Hand. Der Arzt habe festgestellt, Kathrin de Berg sei frühestens um drei, spätestens um vier Uhr ermordet worden. Ihr Wecker sei zu Boden gerollt. Dabei habe sich die Batterie heraus gelöst. Der Zifferblatt zeige 15 Uhr 3.

Um drei könne gar nicht stimmen. Kurz nach zwei habe Dennis ihr am Rechner das E-Mail-Programm eingerichtet. Ungefähr gegen drei sei er gegangen. Da sei sie quicklebendig gewesen.

Das wisse der Kommissar, dass Dennis sie um drei verlassen habe. Die Nachbarin von oben habe ihnen erzählt, dass sie Dennis um diese Zeit auf dem Flur getroffen habe.

An die Nachbarin erinnert sich Dennis erst jetzt wieder. Danach habe er sich in einen Chatroom eingewählt. Mit einer Frau, welche er für Kathrin de Berg halte. Sie surfe dort als Jolanda Lachmichtot, er als Dan951.

Dennis müsse wohl mit jemand anderem gesurft haben. Ein Mann im karierten Hemd stellt sich als IT-Experte vor. Er habe festgestellt, dass der Laptop von Frau de Berg nach drei Uhr keinen Traffic aufgezeichnet habe.

Dennis kommt hoch. Der Besuch im Chatroom sei doch sicher irgendwo protokolliert; notfalls beim Provider.

Chatrooms dürften aus Datenschutzgründen keine solchen Kontakte mehr speichern. Der Provider protokolliere nur Einwahldaten. Den Rechner von Dennis habe er untersucht. Dort gebe es auch keine Spuren.

Aber Frau de Berg habe sicher länger gelebt, als der Kommissar glaube; in der Stunde vor vier Uhr habe Frau de Berg mindestens drei E-Mails verschickt; sie seien versehentlich bei Dennis gelandet.

Der Computerspezialist hebt die Augenbrauen. Dann schüttelt er den Kopf. Der Laptop sei nach drei nicht benutzt worden. Nach drei sei bei Dennis ebenfalls nichts gekommen. Er habe eine Sicherungskopie des Posteingangs angelegt.

Der Kommissar mischt sich ein: Wo sich Dennis denn nach drei Uhr aufgehalten habe?

Dennis darf jetzt nichts Falsches sagen. Er habe das Zimmer nicht verlassen.

Die Nachbarin von Frau de Berg, Sara Adamowitsch, behaupte nun, sie habe ihn kurz nach vier durch den Türspion beobachtet, wie er den Schlüssel unter der Fußmatte vor der Tür von Kathrin de Berg hervor holte, aufschloss, ihn wieder hinlegte, in der Tür verschwand.

Dennis wird deutlich blasser. Er schüttelt den Kopf.

Sara Adamowitsch habe noch mehr gesehen: Nach weniger als fünf Minuten sei Dennis zurück gekommen, habe vor der Tür ein Notizbuch verloren, es anschließend aufgehoben, um in aller Eile nach oben zu stürmen. Der Kommissar habe das Notizbuch gefunden: in der Jackentasche. Ob Dennis vielleicht deswegen abermals zum Tatort gegangen sei?

Das sei absurd. Dennis will dem Kommissar das Notizbuch aus der Hand nehmen. Ein Assistent ist schneller. Dennis könne nicht einmal eine Fliege erschlagen. Abgesehen davon gebe es kein Motiv.

Das Opfer sei eine schöne Frau. Der Arzt könne vorläufig nicht ausschließen, dass Frau de Berg vergewaltigt wurde, bevor sie starb.

Eine junge Frau in Uniform bringt dem Kommissar eine Akte. Der Kommissar blickt ihn ernst an. Im Domizil von Frau de Berg habe man lediglich Fingerabdrücke von zwei Personen gefunden. Die eine Person sei Kathrin de Berg; alle anderen Prints stammten von Dennis.

Nur wegen einer vagen Annahme dürften sie ihn

nicht verdächtigen. Doch man habe die Tatwaffe. Eindeutig. Ein mexikanischer Dolch. Dennis habe ihn wohl neben dem Laptop von Frau de Berg liegen lassen. Seine Mutter habe den Dolch an der Inschrift erkannt. Bei einem gemeinsamen Urlaub mit der Mutter habe er ihn dort gekauft.

Der Dolch sehe aus wie ein besseres Steak-Messer. Davon gebe es viele.

Die Stimme des Kommissars wird jetzt sanft: „Aber nur eines, auf dem wir so klare Fingerabdrücke einer einzigen Person finden könnten. Es sind Ihre." Der Assistent zeigt dem Kommissar das aufgeschlagene Notizbuch. Der Kommissar müsse ihn bitten, die Polizisten zum Präsidium zu begleiten.

Dennis springt hoch: „Geben sie mir das her. Das dürfen Sie nicht." Der Assistent drückt ihn zurück aufs Bett.

Der Kommissar liest Dennis den letzten Eintrag in dem Notizbuch vor: „Sie hat sich gewehrt. Das war ihr Fehler."

Schlüssel

Der Schlüssel passt. Neunzig Grad nach rechts. Die Tür ist offen. Ein schneller Blick zurück. Hinein. Er tastet nach dem Lichtschalter. Ein einziges Mal war er hier. Licht fällt nur durch die Wohnzimmertür in den geräumigen Flur.

Den Wagen von Nicole Taubermann hat er einen Block weiter geparkt. Seine Chefin sitzt mit Stephan Wagensplit bei einem Geschäftsessen. Der Hauptgesellschafter gibt ihnen selten die Ehre. Angeblich hat Nicole Taubermann Mandantengelder in den USA angelegt – und nun ist die Bank pleite. Genaues weiß niemand. Die Aussprache würde etwa zwei Stunden dauern. Derris Bilfinger sollte das Auto in dieser Zeit zum Ölwechsel bringen. Meist braucht das eine halbe Stunde. Doch Derris kennt den Mechaniker. Der benötigte kaum fünf Minuten.

Am Schlüsselbund seiner Chefin hängt so etwas wie ein Generalschlüssel. Er hatte sich gleich gedacht, dass er auch an ihrer privaten Tür passt. Ein Quäntchen Glück braucht jeder.

Rechts geht es ins Bad. Dahinter ins Schlafzimmer. Zerwühltes Bett, Frisiertisch, altmodischer Sekretär mit einer Geldkassette, in der ein Schlüssel steckt. Ein Bündel Geldscheine. Etwa zweitausend Euro. Derris steckt es ein. Das Kleingeld lässt er liegen.

Neben dem Bett liegen Bücher. Shades of Grey erkennt er. In einem Schränkchen findet er einen zylindrischen Gegenstand. Vielleicht ein High-Tech-Vibrator. Dahinter Lederfesseln. Raus hier.

Im Flur trifft ihn ein furchtbarer Schlag auf den Hinterkopf. Ein Mann fängt ihn auf. Es ist Stephan Wagensplit.

„Pass auf, dass kein Blut auf den Boden tropft." Nicole Taubermann drückt die Taste für die Tür zum Lift.

Der Hauptgesellschafter hebt Derris in den Fahrstuhl.

„Wenn die Webcam Recht hat, hinterließ er genug Spuren, dass die Versicherung zahlt." Die beiden nehmen die Treppe.

Sie schaut auf die Armbanduhr: „Beeil Dich. In fünf Minuten brennt der Aufzug ab."

Handlungsvollmacht

Dr. Alexander Borrowitsch hält genau die Nachricht in der Hand, die Daniel Palosch vor drei Stunden an Herrn Direktor Siebenhals schickte.

„Sie kritisieren also das Bonus System, Herr Palosch."

Palosch wird immer kleiner in dem Besuchersessel. Siebenhals gab die E-Mail brühwarm seinem Büroleiter weiter. Dass das alte System faule Mitarbeiter belohnt, glaubt ja nicht nur Palosch. Aber durch Borrowitschs neue Ideen wird das noch schlimmer. Wie könnte er ihm das bloß klarmachen?

„Ich meine, man sollte vielleicht einmal darüber nachdenken, Herr Doktor Borrowitsch, wobei das ja jetzt von Ihnen gerade getan wird, was ich wichtig finde, wobei Sie sicher gute Gründe anführen, wenn Sie verstehen, was ich meine ..."

Borrowitsch lächelt noch etwas breiter:

„Ich verstehe Sie gut, Herr Palosch. Andererseits: Meinen Sie das ernst, was Sie hier schreiben? Dass meine Vorschläge verhinderten, dass die Mitarbeiter motiviert arbeiten, weil es Kollegen dazu verleite ... blah blah blah; meinen Sie das wirklich?"

„Damit wollte ich niemanden kritisieren, Herr Doktor Borrowitsch, vor allem nicht das alte System. Ich meine, wenn man es recht betrachtet, es hat sich im großen Ganzen bewährt. Und Ihre neuen Vorschläge machen es vielleicht noch effizienter."

„Genau das denke ich auch. Dass Sie das so meinen. Ich habe Sie lediglich missverstanden. Sie haben sich eventuell nicht ganz klar ausgedrückt. Sind Sie eigentlich interessiert, leitende Pflichten bei uns zu übernehmen? Zum Beispiel als mein Stellvertreter, mit Handlungsvollmacht?"

„Das wünsche ich mir schon lange, Herr Doktor

Borrowitsch." Paloschs Augen strahlen.

„Sie sind einer von uns. Die Kollegen hören auf Sie. Weil Sie Grips haben. Weil Sie geradeaus sind. Weil Sie sich Gedanken machen. Und weil Sie ein Herz haben. Hier habe ich meine Gedanken zu dem Bonus-System für die Außendienstmitarbeiter in einer lesbaren Form zusammengestellt. Das könnten jetzt unsere gemeinsamen Gedanken werden. Sie brauchen das Papier nur noch abzuzeichnen. Morgen früh wissen alle, wer hier gerade die Karriere-Leiter hochklettert. Herzlichen Glückwunsch, mein Guter."

Als Daniel Palosch das Büro von Dr. Alexander Borrowitsch verlässt, wechselt die Farbe seines Gesichts ins Grünliche. Er betritt die Toilette, wirft eine Pille ein, zieht die Krawatte zurecht, prüft sein Äußeres.

Lächeln. Wie Borrowitsch. Es klappt.

Im Vorübergehen grinst er Julia Glasp zu, die ihren Bildschirm reinigt. Sie ist gerade zwei Wochen hier; seitdem hat er sie im Auge. Daniel Palosch beginnt leise zu pfeifen. Auf dem Computer blinkt es rechts: eine private Nachricht von Julia.

„Du warst beim Alten. Worum ging's?"

„Good News. HBV."

„Wow?"

„Muss aber unter uns bleiben."

„Großes Ehrenwort."

„Siebenhals wollte ein neues Bonus-System einführen. Ich habe es in der Luft zerrissen. Habe Borrowitsch erklärt, wie effizient unser tradiertes System funktionieren könnte, mutatis mutandis sozusagen, also mit einigen neuen Sachen. Und er hat mir jetzt alles genehmigt. Dabei bot er mir HBV an. Bald wird es offiziell."

„Du traust Dich was. Das merkt er. Sowas mag ich auch."

Paloschs Herz hüpft:

„Wie lange machst Du heute, Julia?"

„Ich muss bis vier.“
„Und dann?“
„Vielleicht will jemand mit mir zum Schwimmen.“
Seine Finger fliegen über die Tastatur.
„Gehen wir ins Wellness-Bad?
„War ich noch nie.“
„Bist eingeladen.“
„Cool. Auch in die Sauna?“
„Willste mich nackt sehen?“
„Klaro.“
„Wirste.“
„Hol mich um vier hier raus, Daniel.“

Daniel Palosch löscht alle privaten Nachrichten. Die Uhr zeigt Viertel vor vier. Auf dem Weg zur Toilette sieht er, wie Julia Glasp nach ihrem Telefonhörer greift. Über den Bildschirm lächelt sie ihm zu.

Gemächlich geht er vor die Tür, um eine Zigarette zu rauchen. Nach fünf Minuten hört er den Motor einer Großraumlimousine surren, die von einem Chauffeur gelenkt wird. Ein Passagier lässt die hintere Seitenscheibe herunter. Er identifiziert die Silhouette von Direktor Siebenhals: „Toll, Ihr Bonus-System Palosch. Schönen Feierabend.“

Neben Siebenhals sitzt Julia Glasp.

Bürodämmerung

Sieben Uhr. Heute ist er der Erste im Büro. Herrlich, diese Stille. Den Mantel auf den Haken, die Aktentasche neben den Schreibtisch, die Jacke auf die Stuhllehne. Die anderen Arbeitsplätze sind noch verwaist.

Der Computer quittiert den Druck auf den Schalter mit einem Piep. Das Telefon klingelt.

Kein Kunde ruft so früh an. „Hausgespräch" steht auf dem Display. Die Büroleiterin.

„Schön, dass Sie schon im Hause sind. Kommen Sie bitte um halb acht in mein Büro."

Die Schreibtischschublade unten rechts. Vorsichtig nimmt er die kleine Cognacflasche heraus. Woher weiß sie, dass er hier ist? Der Verschluss klemmt. Mit der flachen Hand schlägt er auf das widerspenstige Blech. Normalerweise ist er nur in der Kernzeit da. Und die beginnt um acht. Der Stuhl rollt fünf Zentimeter zur Seite. Branntwein schwappt ihm auf die Hose. Verdammt. Damit riecht er wie ein Schnapsladen. Er rennt zur Toilette. Runter mit der Hose. Wenn er ein feuchtes Tuch darauf presst, sollte es gehen. Das Handtuch ist weg. In der Damentoilette findet er eins. Mit dem Tuch in der Hand greift er zur Klinke. Eine Toilettentür öffnet sich.

Frau Doktor Priegel steht hinter ihm. Die Büroleiterin.

„Sie schleichen also am frühen Morgen ohne Hose in der Damentoilette herum?"

Die Hand rutscht von der Klinke. Sein Gesicht verfärbt sich. Die Tür fällt hinter ihm ins Schloss. Er hält sich das Handtuch vor den Bauch.

„Ich dachte, ich wollte …"

„Lassen Sie." Ihre Stimme ist gefährlich leise.

„Kommen Sie in zehn Minuten in mein Büro. Sie können jetzt gehen."

Als er ihr Büro betritt, ist der Fleck kaum noch zu sehen. Frau Doktor Priegel kommt hinter dem Schreibtisch hervor. Beide setzen sich an einen kleinen Tisch in der Ecke.

Die Frau lehnt sich zurück. Sie schlägt die Beine übereinander.

„Wollen Sie mit mir zusammenarbeiten, Peter Orlowsky?" Sie lächelt kalt.

Karriere macht reich – aber nicht klug, denkt er. „Ich arbeite doch schon für Sie, Frau Doktor Priegel. Und ich tue es gerne."

„Bleiben wir bei der Wahrheit. Wir alle haben unsere geheimen Perversionen." Sie legt einen Schlüssel auf die Tischplatte. „Der passt für das Büro von Freddie Belljes. Er kommt nie vor neun. In der Schreibtischschublade links unten liegt ein gelbes Papp-Dossier. Ich brauche es." Sie zeigt auf den Schlüssel. „Schließen Sie sorgfältig ab. Sie können in fünf Minuten wieder da sein."

Die Frau steht abrupt auf.

„Kann ich Ihnen trauen?"

Er nickt.

Freddie Belljes hat sein Büro in der Vorstandsetage. Der Schlüssel passt tatsächlich. Nichts rührt sich. Orlowsky findet die Akte, klemmt sie unter den Arm, schließt die Lade, huscht zur Tür, dreht geräuschlos den Schlüssel, betritt den Aufzug.

Freddy Belljes steht vor ihm.

„Guten Morgen Herr, ich glaube Orlowsky war Ihr Name, oder?"

„Guten Morgen, Herr Belljes." Er läuft rot an.

„Ich fahre mit Ihnen. Bevor ich heute anfange, will ich mich mit Ihrer Chefin unterhalten. Die kommt doch meistens so früh, oder?"

„Ja, ja, Herr Belljes", murmelt Orlowsky. Den Aktendeckel verbirgt er hinter dem Rücken. Vergeblich: Belljes sieht ihn in der Spiegelwand des Aufzuges.

Als Peter Orlowsky die Tür des Großraumbüros hinter sich schließt, atmet er tief. Er ist immer noch allein. Den gelben Heftordner legt er in die untere Schublade.

Er greift nach dem Telefon. Die Büroleiterin nimmt sofort ab.

„Ihre Post ist hier." Mehr sagt er nicht.

Sie auch nicht.

Orlowsky legt auf. Undeutlich nimmt er wahr, wie die Kollegen eintreffen. Kaffeeduft erfüllt das Büro. Die ersten Tastaturen klappern. Auf seinem Bildschirm erscheinen Zahlenkolonnen. In den nächsten Stunden muss er mehrere verzwickte Angebote ausarbeiten.

Um halb zwölf schaltet Peter Orlowsky das kleine Transistor-Radio ein, um die neuesten Nachrichten zu hören.

„Soeben erfahren wir, dass sich der Vorstandssprecher Freddie Belljes durch einen Sprung vom Hochhaus das Leben genommen hat. Die näheren Umstände sind noch nicht bekannt."

Kinder-Überraschung

„Gegen drei komme ich zurück. Ich geh sonntags bestimmt nicht gern arbeiten. Spätestens um halb vier bin ich wieder da."

Jetzt ist es gleich zwei. Ein Versprechen ist ein Versprechen; Töchter kennen keine Gnade.

Britta will ebenfalls um halb vier zu Hause sein.

Sie hat nichts mehr von der grauen Maus, die morgens die Post bringt, die Drucker mit Papier versorgt, sich um die Ablage kümmert. Ohne Brille, mit offenen Haaren, ist sie ein lebenshungriger Teenager; selbst die Jeans sind heute enger.

Vor drei Wochen begann Brittas Ausbildung. Niemand bemerkte, welch hübsches Gesicht sich hinter den dicken Brillengläsern versteckte – außer Dieter Domm.

Am Vormittag war er mit ihr zu einem Promenadenkonzert gefahren. Streichquartett. Eigentlich wollte er zum Jazz-Frühschoppen. Doch Britta liebt Violinen.

Erst hat sie Saft getrunken. Dann konnte er sie zu einem Glas Sekt überreden. Jetzt ist er mit ihr auf dem Weg ins Büro.

Es gibt nur drei Schlüssel – Dieter Domm hat einen; weil er oft abends länger bleibt. Selbst dann, wenn der Chef mal zeitig geht.

Dieter Domm schließt das Büro des Prokuristen auf. Britta fläzt sich auf die heilige Ledercouch. Dieter geht sofort zum Kühlschrank, wo er roten Krimsekt findet. Er holt zwei Gläser.

„Britta, ab sofort darfst Du mich duzen, wenn wir uns privat sehen. Lass uns Brüderschaft trinken."

„Mir wäre Geschwisterschaft lieber." Sie umarmt ihn.

„Prost, ich hoffe, es gefällt Dir bei uns."

„Prost Dieter, wow, das schmeckt lecker."

Sie leert das Glas in einem Zug. Hemmungslos küsst sie ihn auf den Mund.

„Lässt Du noch mal die Luft aus dem Glas, ich will mal schnell aufs Örtchen." Schon ist sie draußen.

Dieter Domm wird den Sekt morgen heimlich ersetzen, am besten in der Mittagspause; montags ist der Prokurist immer in einem Zweigbetrieb.

Neben einem Stoß Akten ist unauffällig eine kleine schwarze Holztür angebracht. Dahinter wartet eine Flasche Wodka. Davon gießt er ihr etwas ein. Sorgsam stellt er die Flasche zurück. Dieter füllt das Glas mit rotem Krimsekt auf.

Britta setzt sich mit strahlender Miene. Sie prostet ihm zu. Er schiebt seine rechte Hand über den unbedeckten Bauch unter ihrem Top. Mit der Linken beginnt er, ihr das Genick zu kraulen. Sie stellt das Glas zurück. Ihre Lippen öffnen sich zu einem innigen Kuss. Seine Hand wandert nach oben, wo er durch den Büstenhalter ihre weichen Brüste spürt.

Um ihr das Öffnen des Reißverschlusses zu erleichtern, klappt er die Schnalle seines Gürtels hoch. Routiniert hakt er ihr den BH-Verschluss auf.

Die große Uhr zeigt Viertel nach zwei.

Ein Geräusch.

Ein Schlüssel im Schloss.

Die Stimme Bunsdorfs, des Chefs.

Die Tür zum Büro des Prokuristen steht offen. Glücklicherweise befinden sich Britta und Dieter im toten Winkel, so dass man sie vom Flur aus nicht sehen kann. Dieter legt Britta die Hand auf den Mund. Der Chef poltert mit einer weiblichen Person vorüber.

Bunsdorf tönt: „Unser Prokurist hat bestimmt eine Flasche Sekt für uns aufgehoben."

Wie ein Blitz bringt Dieter Domm die Flasche mit den Gläsern in einen winzigen Nebenraum. Britta zieht er nach. Kaum hat er lautlos die Tür geschlossen, hören sie den Chef rufen: „Komm, mein Täubchen, bei meinem Prokuristen ist es gemütlicher als in meinem Verschlag. Hier steht sogar eine Ledercouch, so was kann ich mir nicht leisten."

In dem Nebenraum steht lediglich ein kleiner Schreibmaschinentisch. Es ist so eng, dass man ihn hochkant hineingestellt hat. Dieter muss sich an Britta heranquetschen. Er lässt seine offene Hose fallen, die er die ganze Zeit festhielt. Sofort reicht er ihr wieder das Glas. Die andere Hand legt er auf den Mund.

„Wie lange müssen wir denn hier bleiben?" Britta flüstert.

Er schiebt ihre Hose ebenfalls nach unten: „Das wird nur ein paar Minuten dauern. Dreh' Dich um und bück' Dich."

Sie sieht ihn überraschend nüchtern an: „Ich ertrage keine engen Räume. Entweder Du erklärst das Deinem Chef irgendwie, oder ich fange in zwei Minuten fürchterlich an zu schreien." Ihre Stimme ist leise, aber entschieden: „Überleg Dir was. Sobald ich angezogen bin, schreie ich."

Dieter beobachtet, wie sie die Hose hochzieht, den Gürtel schließt, den BH zuhakt, an ihrem Oberteil zupft. Sie holt Luft. Ohne zu überlegen legt Dieter ihr beide Hände um den Hals. Er drückt. Britta bringt keinen Ton heraus. Sie beginnt zu zappeln, nach ihm zu treten, zerkratzt seine Unterarme – er drückt, bis sich ihr Gesicht verfärbt.

Leblos hängen die Glieder an ihr. Dieter lässt sie behutsam auf den Boden gleiten. Er legt das Ohr auf ihren Mund. Stille. Mit dem Mittelfinger ertastet er die Hauptschlagader unter dem Schlüsselbein. Nichts.

Britta ist tot.

Er hört die beiden im Nebenraum kichern; dort sind sie also nicht bemerkt worden. Vorsichtig öffnet er das kleine Fenster. Es ist kaum breit genug, dass seine Schultern hindurch passen. Achtzehn Stockwerke. Unter ihnen die vierspurige Kaiserstraße. Wenn es ihm gelänge, Britta durch das Fenster zu schieben, hätte er eine Sorge weniger.

Er leert ihre Taschen, findet eine nagelneue Packung Kondome, packt alles in das kleine Köfferchen, das sie dabei hatte.

Als er sie an den Armen hochzieht, merkt er, dass er ihr Gewicht unterschätzt hat. Doch das Fenster ist nur einen Meter hoch. Mit der linken Hand packt er sie fest im Nacken, mit der rechten greift er ihr von hinten in den Schritt. Er holt tief Luft und – draußen ist sie.

Sofort schließt er leise das Fenster. Gedämpftes Reifenquietschen. Erst jetzt nimmt er wieder die Geräusche im Nebenzimmer wahr. Dem lauten Stöhnen nach waren die Herrschaften so mit sich selbst beschäftigt, dass sie nichts mitbekamen.

Dieter Domm wartet.

Noch vor zehn Minuten war er ein mustergültiger Bürger des Landes gewesen. Er hatte noch nie gegen ein Gesetz verstoßen, immer pünktlich seine Steuern bezahlt.

Aber was hätte er denn tun sollen? Er hat sich mit einer Auszubildenden eingelassen, also einer Abhängigen, einem halben Kind, wenn man will. Und außerdem noch am Sonntag im Büro. Ein Skandal.

Unten hört er leise Martinshörner und Polizeisirenen. Er wagt es nicht, das Fenster zu öffnen, um hinaus zu sehen.

Nebenan treibt das Vergnügen offensichtlich seinem Höhepunkt zu. Fünf Minuten später ist der Spuk vorüber.

Dieter Domm beherrscht sich, bis beide das Büro verlassen haben, öffnet vorsichtig das schmale Türchen, hört, wie die Korridorpforte zu den Büros abgeschlossen wird.

Sorgfältig packt er die Flasche in eine große Plastiktüte, legt die Gläser dazu, auch das Köfferchen, verlässt das Büro. Zuhause wird er alles auf dem Grill verbrennen. Den Rest bekommt der Müllschlucker.

Als er das Autoradio einschaltet, hört er gerade noch den Rest einer Meldung:

„... auf der Kaiserstraße ist offensichtlich durch eine Selbstmörderin verursacht worden. Dabei ist zu befürchten, dass bei dem Unfall mehrere Personen ums Leben kamen. Das waren die Nachrichten. Es ist fünfzehn Uhr fünf."

In der Tankstelle muss er für die Tochter noch ein Überraschungs-Ei besorgen.

Er wird es schaffen bis halb vier.

Stille

„Vergiss Dein Dope nicht", rät Bernd ungefragt. Ohne anzuklopfen hat der erste Geiger seinen Kopf in die Garderobentür geschoben.

Thomas Brünnendorf läuft dunkelrot an. In letzter Minute hatte er in Hongkong ausgerechnet diesem Violinisten anvertraut, dass seine Beruhigungsmittel zu Ende gingen. Weil er nicht wusste, wo er neue herbekommen sollte. Großzügig erbot sich Bernd, ihm welche zu besorgen. Niemand weiß um Brünnendorfs Gewohnheit, Psycho-Pharmaka zu benutzen. Der Geiger ist nun der Einzige.

Im Grunde hasst Brünnendorf diesen ständig alkoholisierten Talk-Show-Liebling, der bei jeder Gelegenheit betont, dass es immer noch Nuancen gebe, um die er die wirklich großen Geiger beneide; diesen unglaublich vielseitigen Perfektionisten, der sich von Konzertagenten umschmeicheln lässt; diesen heuchlerischen Moralisten, dem so etwas wie Familienglück geblieben ist, obwohl er sich eine blutjunge Freundin hält, die ihm abgöttisch ergeben ist, ihn in aller Öffentlichkeit abschleckt, nach jedem Konzert in der Garderobe wartet, die Kollegen wie Luft behandelt. Er beneidet den Geiger wegen seiner phänomenalen Gesundheit, seiner robusten Psyche, seiner Beliebtheit bei Schallplattenproduzenten, seiner Erfolge bei Frauen, seiner Lebenskunst.

Nein, er hat Bernd nie gemocht.

Auch wenn Bernd ihm versichert hat, dass es seinem Ehrenkodex widerspräche, weiterzutragen, was ihm sein hochverehrter Kollege anvertraut habe.

Dies gelte übrigens auch für den Bordellbesuch, bei dem ihn der Geiger überraschte. Bernd war dies überhaupt nicht peinlich. Er setzte sich sogar zu ihm, um ungebetene Ratschläge bezüglich der Vorzüge gewisser Damen zu erteilen. „Vergiss Dein Dope nicht.‟

Bernd hat es durch die Zähne gesprochen – zu leise, als dass es irgendjemand sonst hören konnte; laut genug, dass Thomas es verstehen musste. Trotzdem hat es die Stille zerschnitten. Die Stille, die Thomas braucht wie die Luft zum Atmen. Besonders vor einem Auftritt.

Diesmal wird er nicht schweigen:

„Hoffentlich vergisst Du nicht Deinen Cognac.‟

Donnerschlägen gleich stehen die Worte in der winzigen Garderobe. Zum ersten Mal zeigt Thomas ihm, dass er es weiß; dass er weiß, was alle wissen – worüber aber niemand spricht.

Bernd zuckt wortlos zusammen.

Er zieht die Tür zu.

Stille.

Thomas zittert.

Noch einmal öffnet sich die Tür – doch diesmal ist es der Impressario, der auf seine Armbanduhr weist:

„Tschaikowsky wartet.‟

Gleichzeitig ertönt aus der Wechselsprechanlage die Stimme des Inspizienten:

„Die Musiker bitte, es sind noch fünf Minuten.‟

Thomas greift nach den Noten, zieht den Smoking über, tritt auf den Gang, schwankt beinahe, hört die Kollegen überlaut, ohne sie zu sehen, nimmt schemenhaft die Umrisse des schwarzen Steinway-Flügels wahr, lässt achtlos die Notenblätter über die Saitenabdeckung rutschen, rückt die Sitzbank zurecht, schiebt wie in Trance den Tastaturdeckel zurück.

Einen Moment Ruhe.

Thomas Brünnendorf hebt den Kopf.

Er hört den Atem eines Menschen in seinem Rücken. Bernd beugt sich seitlich von hinten zu ihm herab, zum ersten Mal ohne die Spur eines Lächelns; seine Stimme ist so leise, dass nur Thomas sie vernehmen kann: „Mit welchem Finger fängst du an?‟

Thomas Brünnendorf hebt überrascht die Hände, aber Bernd schüttelt den Kopf.

„Nicht zeigen, sagen!"

Thomas lässt die Hände auf die Knie sinken.

„Du bist einer von den Großen", zischelt Bernd wie eine Schlange. „Bevor Du die Tastatur berührst, musst Du mir sagen, welcher Deiner Finger anfängt. Die Noten kennst Du doch auswendig."

Thomas versucht, sich zu konzentrieren, nimmt nicht wahr, wie Bernd scheinbar seelenruhig zu seinem Platz zurückgeht, greift fahrig nach den Notenblättern, lässt sie wieder fallen; sieht nicht, wie der Dirigent an sein Pult klopft, schließlich den Taktstock hebt.

Er sitzt wie versteinert.

Sein ganzes Leben rutscht an ihm vorbei. Er hört den Jubel bei dem Preisträgerkonzert als pubertierender Schüler, spürt den Schweiß bei der Aufnahmeprüfung zum Konservatorium, sieht die verzückten Mädchengesichter, badet in der Gewissheit, zur Avantgarde Neuer Musik zu gehören, freut sich erneut über die Zusage, im Rundfunk-Symphonieorchester aufgenommen zu werden, erlebt die Hochzeit, seine Hochzeit, den Medienrummel, das festliche Ständchen der neuen Kollegen auf der Empore des Domes. Und das Erdbeben des bald zerbrechenden Familienglücks. Er lässt sich wieder feiern beim ersten Auftritt in der Metro, riecht die unzähligen Blumen in Tokio, erinnert sich an die Visite in den Privatgemächern der Fürstin von Monaco; sitzt endlich noch einmal auf dem Plüsch-Sofa in dem Bordell, wo ihn Bernd überraschte – doch Bernd hat kein Gesicht.

Dabei hört er sein Lachen. Bernds schallendes Gelächter. Von tausend Echos verzerrt.

Er sucht ihn, aber die Plätze der Musiker sind leer; der Graben dunkel, die Bühne wie ein blankes Parkett, der Saal ohne Publikum, der Vorhang weit offen.

Thomas Brünnendorf hört keinen Laut. Er genießt die Stille.

Seine Hände sinken auf die Tastatur. Sie ist nicht mehr da. Der Flügel ist verschwunden.

Das Dunkel ist schwarz.

Rochade

„Zero", der Kessel-Croupier erstarrt zur Skulptur, „die Einfachen Chancen werden gesperrt."

Eine tief dekolletierte Frau rechts neben dem Kopf-Croupier steht wortlos auf.

Georg setzt sich auf den freien Platz. Zum ersten Mal an einem richtigen Roulette-Tisch. Sorgsam formt er zwanzig Zehner-Jetons zu zwei Türmchen, die restlichen belässt er in den Seitentaschen seiner Jacke. In der Brusttasche birgt er außerdem fünfhundert Euro in bar. Für den Notfall. Langsam zeichnet er eine Null auf die erste Seite seines Notizblocks.

„Machen Sie Ihr Spiel."

Georg wartet. Eine Woche lang saß er jeden Tag an der Bar, wo man die elektronische Permanenz-Anzeige des Tisches Nummer fünf beobachten kann. Das Personal kennt ihn schon. Zum Kaffee ließ er sich stets drei Briefchen Milchpulver geben. Eines für jedes Dutzend. Auf zwei Briefchen setzte er jeweils einen Zuckerwürfel. Seine Jetons. Kam das nicht gesetzte Dutzend, waren beide verloren. Wurde hingegen eines seiner Dutzende getroffen, verlor er zwar einen Würfel, bekam aber den anderen zusammen mit dem doppelten Einsatz zurück – so dass ihm insgesamt ein Zuckerwürfel als Gewinn blieb.

„Nichts geht mehr."

Das Kreuz in der Mitte der Cuvette dreht sich langsamer. Die Kugel hüpft, zuckt ein wenig, fällt schließlich in ein Fach.

„Zero."

Der Kessel-Croupier zieht das ‚e' geringfügig länger als beim ersten Mal. Er hat das Wort kaum ausgesprochen, als es rund um den Tisch lauter wird.

„Die Einfachen Chancen werden gesperrt. Gesperrte Einsätze werden doppelt gesperrt."

Ein gutes Dutzend Neugieriger sammelt sich um den Tisch. Jetons klackern aufeinander.

„Machen Sie Ihr Spiel."

Viele kleine Einsätze auf der Null. Georg verzieht keine Miene. Niemand spielt Einfache Chancen. Ein Besucher aus der zweiten Reihe schiebt ein ‚Frühstückstablett' auf die Null; Hundert Euro.

„Der Höchsteinsatz beträgt 350 Euro", weist der Chef-de-Table einen weiteren Hunderter zurück.

„Nichts geht mehr."

Wieder ersterben alle Gespräche. Die Kugel liegt bereits still. Das Kesselkreuz dreht sich noch.

„18 Rot."

Georg notiert die Zahl, daneben eine Zwei. Er hat die Dependenzen im Kopf: Wer auf die Einfachen Chancen Manque, Pair, Rouge gesetzt hat, gewinnt.

„Machen Sie Ihr Spiel."

Die Schaulustigen verschwinden. Eine Dame in Hemdbluse sitzt an der Seite, rechts neben Georg. Sie notiert die Zahlen mit einem kurzen roten Bleistift. Penibel häuft sie Zehner-Jetons auf Pair, Passe, Noir.

„Nichts geht mehr."

Alle Blicke wenden sich zu den drei Croupiers am Ende des Tisches, wo sich der Kessel dreht. Die Gespräche verstummen. Die Kugel ebenfalls.

„3 Rot."

Georg schreibt eine Eins neben die Drei. Seine Tischnachbarin hat alles verloren. Aus ihrer Handtasche nimmt sie einen kleinen Anspitzer, in den sie ihren Bleistift schiebt. Andächtig dreht sie den runden Stift drei oder vier Mal ganz herum. Als sie den Spitzer einpackt, stößt sie den Bleistift an. Er rollt vom Tisch.

Georg bückt sich mechanisch. Der Bleistift liegt unmittelbar neben ihrem Fuß. Rot, klein, spitz. Irgendwie passt der Stift nicht zu den makellosen Beinen vor seiner Nase. Er hebt ihn auf, kommt hoch, lächelt sie an:

„Ziemlich kurz, der Stift."

Sie lässt sich das Schreibgerät in die offene Handfläche legen:

„Lang genug, um damit auf einer Kugel zu balancieren."

Georg wird warm. Er schließt die Augen. Zum ersten Mal will er jetzt setzen. Während die Gewinner noch ihre Jetons empfangen, legt er die Hände auf seine Türmchen.

„Machen Sie Ihr Spiel."

Natürlich hat jedes Feld die gleiche Chance. Aber wenn gerade eine Zahl ausgespielt wurde, kommt es oft vor, dass sie ein zweites Mal fällt. Das liegt eventuell daran, dass der Kessel-Croupier die Kugel mit gleicher Kraft einwirft. Vielleicht ist es auch die Folge eines sogenannten Kesselfehlers. Die Chance für dieses Feld ist jedenfalls geringfügig höher. Das ist für Georg das erste Gesetz des Zufalls. Und er hat es entdeckt.

Sein Gesetz gilt ebenso für Dutzende. Davon ist Georg überzeugt. Deshalb platziert er jeweils zehn Euro auf die ersten beiden Dutzende. Diese wurden zuletzt getroffen. Die Dame neben ihm häuft ihre Jetons auf Impair, Passe, Noir.

„Nichts geht mehr."

Georg vermutet noch weitere Gesetze des Zufalls. Um das herauszufinden, wird er jedoch umfangreiche Permanenzen durchrechnen müssen. Vielleicht wird er irgendwann sogar ein Buch darüber schreiben.

„12 Rot."

Georg schreckt hoch. Mechanisch schreibt er die Zwölf auf, daneben eine Eins für das Dutzend. Der Croupier nimmt eine Zehner-Spielmarke in die Hand, ergreift den Jeton vom zweiten Dutzend, setzt beide auf Georgs Chip auf dem ersten Dutzend.

„Ich bitte, das Spiel zu machen."

Zum ersten Mal gewonnen.

„Einen Tipp", raunt die Frau von rechts, „ich habe schrecklich viel Geld verloren. Geben Sie mir einen Tipp. Helfen Sie mir mit einem Zehner aus."

Er wird sich jetzt auf keinen Fall ablenken lassen. Der nächste Angriff gilt neuerlich den Feldern P12 und M12; den ersten beiden Dutzenden.

„Ich kann nicht einmal mehr ein Taxi bezahlen. Wollen Sie mich vielleicht später nach Hause bringen? Es sind nur wenige Kilometer."

„Kein Problem, mein Auto steht auf dem Parkplatz."

„Einen Zehner. Bitte." Ihr Mund ist so nah an seinem Ohr, dass er ihre Hautcreme riecht. „Nachher, im Auto, ich meine, Sie werden es sicher nicht bereuen."

Georg schiebt ihr das gewonnene Stück zu.

„Nennen Sie mir Ihre Glückszahl."

„Dreiundzwanzig."

Seine Hand zittert. Zum ersten Mal schaut er sie an. Sie ist um die dreißig, pausbäckiges Gesicht, schwarze Locken, schmale Hornbrille. Sofort setzt sie den Zehner auf die Dreiundzwanzig.

„Nichts geht mehr."

Der Kessel ist eine Maschine. Ohne Gefühl. Ohne Gedächtnis. Georg spürt weiche Finger auf seinem Handrücken. Sie trägt einen Siegelring. Er kneift die Augen zusammen. Einen Siegelring, auf den eine Art Füllhorn geschmiedet ist.

„23 Rot."

Die Dame gewinnt dreihundertfünfzig Euro. Sie zieht ihren Einsatz ab, schiebt den Zehner-Chip auf Georgs Notizblock. Wenn eine Strategie mit einem Einsatz von zehn Euro funktioniert, könnte man genauso gut hundert Euro setzen.

Georg legt das neu gewonnene Stück zu dem Zehner-Jeton, den er zurückbekommen hat. Wieder werden die Gespräche lauter. Von überall her kommen Spieler. Vier Mal Rot. Wie abergläubisch doch Zocker sind.

„Machen Sie Ihr Spiel."

Georg bleibt bei seinem Angriffsmuster. Die Spielerin an seiner Seite türmt ihren ganzen Gewinn erneut auf die Dreiundzwanzig. Ihre Gegenwart kommt ihm ungelegen. Georgs selbstgestecktes Ziel ist ein Gewinn von insgesamt fünf Stücken. Danach hört er auf für diesen Tag. Erst wenn ihm das an fünf Tagen hintereinander gelungen ist, will er den Einsatz erhöhen.

„Nichts geht mehr."

Ein Herr aus der zweiten Reihe schiebt schnell einen Tausender-Jeton auf Rot, hält ihn fest, schaut den Tisch-Chef fragend an.

„Das geht immer noch", entscheidet der. Auf den Einfachen Chancen ist das Limit höher. In die gespenstische Stille schieben sich Neugierige von anderen Tischen.

„23 Rot."

Zwei Dutzend Menschen stoßen gleichzeitig den Atem aus. Das Gesicht der Dame neben ihm glänzt: sie erhält mehr als Zwölftausend Euro. Den Einsatz lässt sie auf der Zahl liegen, den Gewinn stopft sie in die Handtasche. Ihre Augen blitzen ihn an. Sie lächelt.

Georg nimmt es kaum wahr. Er hat das dritte Stück gewonnen. Dies ist seine Welt. Am Montag meldet er sich erst einmal krank. Wenn alles so funktioniert, wie er sich das vorstellt, wird er eine Woche später kündigen. Hier liegt das Geld auf dem Tisch. Er braucht es bloß aufzuheben.

„Bitte das Spiel zu machen."

Georg setzt auf die ersten beiden Dutzende. Offensichtlich fällt niemandem auf, wie erfolgreich seine Strategie ist; alle schauen auf die hohen Gewinne. Die Einsätze auf Schwarz erreichen das Limit von

Zwölftausend Euro. Ob er jetzt schon erhöhen sollte?

„Nichts geht mehr."

Wie wohl die Spielbank reagiert, wenn er täglich kommt, um fünf Stücke zu gewinnen? Klar, bei den lächerlichen zehn Euro Einsatz kümmert sich niemand um ihn. Ob man ihm bei einem regelmäßigen Gewinn von fünfhundert Euro den Eintritt verwehren würde? Die Direktion des Casinos kann ein Spielbankverbot aussprechen, ohne es zu begründen.

„23 Rot."

Wieder die Dreiundzwanzig. Georgs Gesetz. Das ist der Beweis. Er kassiert seinen vierten Gewinn. Die Frau neben ihm hat tatsächlich erneut mehr als Zwölftausend Euro gewonnen. Sorgfältig packt sie alles in ihre Handtasche. Auch ihren Einsatz.

„Sie fahren mich doch nach Hause, mein Freund?"

„Versprochen ist versprochen."

„Ich wechsele die Jetons ein. Wir sehen uns an der Bar. Ich brauche einen Drink."

Georg nickt. Eine halbe Sekunde schaut er ihr hinterher. Er muss sich konzentrieren.

„Machen Sie Ihr Spiel."

Auf Schwarz wird das Limit erreicht. Auf Rot ebenfalls. Immer mehr Menschen stehen um den Tisch. Georg bleibt bei seinem Satz P12 und M12.

„Nichts geht mehr."

Den Platz neben ihm nimmt ein junger Mann ein, der eine Smokingjacke trägt. Der Kopf-Croupier bittet ihn höflich, das Mobiltelefon nicht auf den Tisch zu legen. Was so ein Croupier wohl verdient? Im Laufe der Zeit lernen die sicher alle Tricks. Wahrscheinlich auch manches Gewinn-System. Die werden bestimmt gut bezahlt. Schweigegeld.

„24 Schwarz."

Der Lauf ist zu Ende. Seelenruhig ziehen die Croupiers die Jetons ab. Die Menge zerstreut sich.

So leicht ging es mit den Zuckerwürfeln nie. Georg

hat im ersten Anlauf gewonnen. Ohne einmal zu verlieren. Die Chips sind zwar aus Plastik, aber wenn er
sie umtauscht, bekommt er dafür echtes Geld. Fünfzig Euro. Nicht einmal eine halbe Stunde hat er dafür
am Tisch gesessen. Mit Hundertern funktioniert es
genauso. Selbst mit Tausendern. Achtlos steckt er die
Jetons in die Jackentasche. Er sucht die Tür mit der
Aufschrift ‚Herren'.

Die Bar ist leer. Georg ist der einzige Gast. Er wagt
es nicht, nach der Dame zu fragen. Vermutlich ist
sie zur Toilette gegangen. Er schaut sich im ganzen
Raum um. Nirgends sieht er eine rote Bluse. Zurück
an die Bar. Kaffee mit Cognac.

„Ich möchte gleich zahlen.“

Seine Geldbörse ist nicht in der Gesäßtasche. Vermutlich hat er sie im Mantel gelassen, der an der Garderobe hängt. Er fasst nach den fünfhundert Euro in
der Brusttasche. Sie sind weg. Georg greift nach dem
Cognac-Glas. In der Hosentasche findet er einen Zehner. Mit dem Barmann hat Georg sich letzte Woche
lange unterhalten. Das macht ihn mutig:

„Sagen Sie. Ich bin hier mit einer Dame verabredet. Um die dreißig, schwarze Locken, Hornbrille.“

„Ach Sie sind das“. Der Angestellte betrachtet sich
intensiv Georgs Krawatte, die dessen Tischnachbarin
ihm offensichtlich ausführlich beschrieben hat.

„Eine schöne Krawatte tragen Sie. Die Dame wusste, dass Sie hier nach ihr fragen würden. Sie hat Ihnen ein kleines Päckchen hinterlassen.“

Er überreicht ihm eine gewissenhaft zusammen-
gelegte Serviette, gehalten von einem Gummiband.

Behutsam zieht Georg das Band herunter. Als er die
Serviette an einem Ende auseinander faltet, rollt ein
kleiner roter Stift auf die Theke. Er kann ihn gerade
noch fassen, bevor er abstürzt. Endlich liest er die
Nachricht in runder Kinderschrift: „Musste leider weg
– Treffen Samstag – fünf Uhr – Casino Eingang.“

Georg sieht an den Druckstellen, dass im Innern der Serviette noch etwas geschrieben steht. Er nimmt den roten Bleistift zu Hilfe um das Briefchen zu öffnen. Die Schrift ist die gleiche, nur kleiner:

„Roulette verdirbt den Charakter. Spielen Sie nicht mehr. Bringen Sie mir den Stift zurück. Ganz bestimmt. Ich brauche ihn. Zum Balancieren."

Spy Cam

Eva schließt die Badezimmertür.

„Wirst Du das Video löschen?"

David sitzt im Bett. „Vielleicht." Er zieht an seiner Zigarette. „Was zahlst Du?"

Sie holt Luft:

„Du hast mich gefilmt, als ich eine Uhr geklaut habe. Okay. Dann bin ich mitgegangen. Erst haben wir Alkohol getrunken, dann miteinander geschlafen. Ich mit einem wildfremden Kaufhausdetektiv. Auch okay. Jetzt willst Du Geld. Scheiße. Wieviel?"

Vor der Bank findet sie in ihrem Rucksack eine leere Gummibärchen-Tüte. Die zweihundert Euro, die sie von ihrem Konto abgeräumt hat, legt sie hinein. Das Ganze schiebt sie in seinen Briefkastenschlitz. Eva tippt auf seine Klingel. Die Wechselsprechanlage quäkt.

„Das Geld habe ich bei Dir eingeworfen. Ich erwarte, dass das Video sofort gelöscht wird. Ende."

Sie spricht wie ein Automat.

Das ist nun drei Tage her. Mit ihrem Freund Karsten sitzt sie im Wiener Café. Er ahnt nichts. Da erkennt sie David an der Theke. Keine Chance, den Kopf wegzudrehen. Er kommt auf den Tisch zu. Eva wird rot.

„Darf ich mich kurz setzen?"

Gibt ihr ein Küsschen auf die Wange, als wären sie befreundet.

„Ich bin David. Ihre Freundin kenne ich flüchtig. Muss auch gleich wieder zum Dienst."

Karsten stellt sich vor, erzählt, dass er in der Nähe wohnt, dass sie fast ein Jahr zusammen sind, dass er sie von der Schule abgeholt hat, dass sie ein bis zwei Mal in der Woche hier sind, gibt ihm sogar seine Handy-Nummer, fragt nicht, woher sie sich kennen. David bedankt sich artig für die nette Unterhaltung. Er geht.

Um sechs vibriert ihr Telefon. David. Sie fährt ihn an:

„Hast Du das Video gelöscht?"

„Kommst Du vorbei?"

„Wie bitte? Wir haben nichts miteinander zu tun."

„Es gibt da ein neues Video. Du und ich im Bett. Es ist toll geworden."

„Du lügst. Ich bin gleich da."

Eva beim Fellatio. In Großaufnahme. Sie schlägt die Hände vor das Gesicht.

„Das musst Du sofort löschen."

„Am Schnitt dieser zehn Minuten habe ich sechs Stunden gesessen."

„Was willst du damit?"

„Ich kann nicht nachdenken, wenn ich erregt bin. Mach mir die Hose auf."

Alles hatten sie dann gemacht. Anal. Rimjob. Creampie Eating. Konnte es sein, dass er auch das alles wieder gefilmt hatte? Warum fällt ihr das jetzt erst ein? Einen Tag später. Und warum ausgerechnet während der Mathe-Übung? Mit Karsten solle sie Schluss machen, hatte das Schwein gesagt. Wenn David die Videos nicht löscht, wird sie ihn anzeigen.

Es klingelt. Pause.

„Gib mir den Mofa-Schlüssel."

Karstens Gesicht ist dunkel.

„Es ist vorbei."

„Was ist los?"

„Gib bei YouTube ‚Evas Fellatio' ein. Dann weißt Du, was los ist."

Eva ist allein. Auf ihrem Smartphone klickt sie YouTube an. Dort sieht sie sich. Mit David.

Sie rennt in den Unterrichtssaal, packt ihre Sachen, läuft nach unten. Zwei Straßen weiter ruft sie David an. Er ist noch im Dienst. Sie verabreden sich um eins bei ihm.

Im ‚Pulldown' bestellt sie Whisky-Cola. Die Serviererin sieht sie zuerst an, als wolle sie nach dem Ausweis fragen. Dann lässt sie es. Eva trinkt das Glas in einem langen Zug leer. Bestellt ein Neues. Auf YouTube meldet sie das Video als anstößig. Als sie drei Gläser getrunken hat, geht sie nach Hause.

„Woher hat Karsten das gewusst?", überfällt sie David um eins.

„Von mir. Ich habe ihm eine SMS geschickt. Du solltest lieb sein zu mir, sonst kriegen andere auch noch die SMS."

Ernüchtert legt Eva den Rucksack auf das Bett.

„Komm' David, ich habe Jim Beam-Cola dabei. Lass uns reden."

Sie nimmt eine Dose aus der Seitentasche.

Er öffnet seine Jeans.

Nach einer halben Stunde liegen sie nebeneinander auf dem Bett. Nackt. David schläft ein. Behutsam öffnet Eva den Rucksack. Leise greift sie nach dem großen Sägemesser. Vorsichtig dreht sie sich um.

Mit einer einzigen Bewegung schneidet sie ihm die Kehle durch. Das Blut schießt in einer Fontaine über das ganze Bettlaken. Sie wundert sich, wie wenig Kraft sie dafür brauchte.

Der Autor

Marc Mandel wurde 1948 in der Nähe von Saarbrücken geboren. Er war viele Jahre als Rockmusiker und Hotelpianist unterwegs. Die letzten zehn Jahre arbeitete er als Lokalreporter und Rezensent für Regionalzeitungen. Heute lebt Marc Mandel als freier Schriftsteller in Griesheim bei Darmstadt.

Die Fotos

Ellen Eckhardt wurde 1954 in der Nähe von Ulm geboren. Sie war viele Jahre als Krankenpflegerin in der Notfallmedizin und in der Anästhesie tätig. Heute lebt Ellen Eckhardt als freie Fotografin in Griesheim bei Darmstadt.

Norbert J. Wiegelmann
Tag des Zitronenfalters
Kurzgeschichten, 264 Seiten
978-3-943292-13-8, chiliverlag 2014, EUR 15,90

Mit bedrohlich nüchternem Stil dringt Norbert J. Wiegelmann pointiert und zielgenau in die tieferen Schichten weiblich-männlicher Beziehungsverstrickungen vor. Mit klarer Sprache schafft er eine Atmosphäre der Spannung und des Ungesagten, die einen manchmal den Atem anhalten lässt. Norbert J. Wiegelmanns Kurzgeschichten sind düster und makaber und gehen nie für alle gut aus.

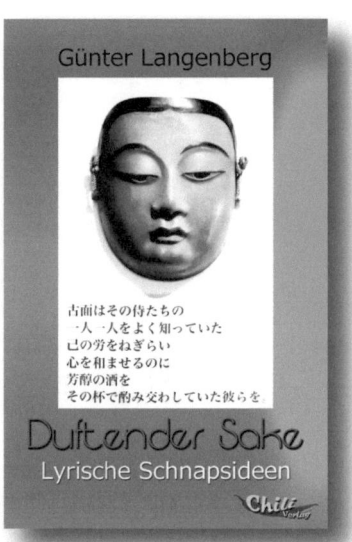

Günter Langenberg

Duftender Sake – Lyrische Schnapsideen

chiliverlag (April 2014), Sprache: Deutsch

ISBN 978-3-943292-12-1

216 Seiten, EURO 14,90

Alkoholische Getränke sind ein Teil unserer deutschen oder auch europäischen Kultur – insbesondere Bier, Wein und Schnaps. Der Begriff „Wein und Kultur" ist weit verbreitet. Ein gutes Essen ohne einen guten Tropfen ist für die meisten Menschen schwer vorstellbar. Sicherlich von Dichtern wie Busch, Rilke, Morgenstern, Roth, Gernhardt und Ringelnatz – um nur einige zu nennen – inspiriert, aber hauptsächlich aus eigenem Erleben und Beobachten und aus vielen eigenen Ideen heraus sind Günter Langenbergs Trinkgedichte in vier Jahrzehnten entstanden.

Mit diesem Gedichtband stellt Günter Langenberg ein äußerst humorvolles, überwiegend gereimtes Vademecum „spritziger" Weltschmerzbehebung im Do-it-yourself-Verfahren vor und liefert so einen internationalen Kulturbeitrag zur Kunst des „richtigen" Trinkens.

Drube, Yves / Rodríguez, Luduing
poesía del paraíso infernal
poemas y fotografía de la república dominicana
978-3-943292-05-3, chiliverlag 2013, EUR 11,90

Dieser wunderschöne Fotoband auf hochwertigem Papier dokumentiert eine andere **Dominikanische Republik**, als wir sie aus Touristenkatalogen kennen. **Yves Drube** inszeniert und zelebriert Menschen des täglichen Lebens in aussagekräftigen Szenerien und erhebt sie allesamt zum Mittelpunkt seiner Fotokunst. Diese zeigt trotz gesellschaftlicher Schattenseiten die innere und äußere Schönheit der dominkanischen Menschen und der Natur.

Luduing Rodríguez dichtet gegen Ungerechtigkeit, Ungleichbehandlung und Missachtung der Menschenwürde an. Seine eindringlichen und aufrührerischen Verse richten sich an u.a. an die dominkanische Frau und geben ihr Rückendeckung und Schützenhilfe im Bestreben nach sozialer Anerkennung. Gleichzeitig sind besonders seine Liebesgedichte von schlichter Schönheit und ergreifender Melancholie.

Hinter dem Licht – KIMM-Stories
Anthologie mit 22 Autorinnen und Autoren
über Korruption, Intrige, Macht und Mord,
Fotos von **Yves Drube**, chiliverlag 2014,
ISBN 978-3-943292-10-7, 13,90 Euro

Intrigen, Manipulationen, Machtkämpfe und Verbrechen finden überall statt, selbst im engsten Familienkreis. Manchmal
enden sie tödlich. Ein nicht unerheblich-es Spektrum korrup-
tionsgeladener Vorfälle geschieht im beruflichen Umfeld von
Menschen, die alle ein ähnliches Ziel verfolgen: sich selbst ins
beste Licht zu rücken und dieses möglichst noch honoriert zu
bekommen. Eitelkeit, Gier, Habsucht und blinde Leidenschaft
öffnen Tür und Tor für Verbrechen und müssen nicht selten
mit dem Leben bezahlt werden. Selbst Schönheitsköniginnen
sind nicht davor gefeit.

In diesem Buch versammelt sich die ganze Bandbreite
hinterhältiger und krimineller Machenschaften. 22 Autorinnen
und Autoren schreiben Geschichten und Gedichte über Lüge,
Erpressung, Betrug, Rache, vermisste Menschen und eiskalten
Mord.